岁月未存慈悲　愿你始终不疑真心

# 所有失去的
## 都会以另一种方式归来

耿帅 著

再见，最好的你

九州出版社
JIUZHOUPRESS

纵使寂寞开成海　让我们用文字慰藉彼此

# 所有热爱的事情都要不遗余力

在给耿先生的新书写这篇文字的时候，正值除夕，工作暂时告一段落，陪在父母身边。

除夕的夜晚，北方城市里烟火锦簇，满地余烬。就像一些人，在我们的世界里也是盛开过的烟花，高空绽放，然后消失。所有邂逅的意义，只存在于交会的火光瞬间。

耿先生说：每写一次书，就像过了一辈子。

这本书对他而言，既是结束，也是开始。是他一个人度过那么久，无声而又漫长岁月的见证。

可能以后回想起来，或许也没什么，我们一生所拥有的，在几十年的人生长河里，毕竟只是零星。

写作一直是一件孤独的事，人的孤独感是随着时光增加的。很多时候，说着说着，就忘记了究竟是在对别人说，还是说给自己听。更多的时候，更像是在自说自话，一个人站在角落里，所有的灯光均匀地打在他头上。而那些未提及的情感，在黑暗里更显得郑重庄严，代表着延续和生长，没有终点。

他一直想写这样一本书，那些文字属于记忆深处，写在水面上，写在火焰中，写在灰烬里，写在沉默和告白里。这些字，它们是一块路标，标识着一条流离失所的路。有时候很美，有时候也让人很慌张。它通往未知的森林、草原、世界尽头的星空、海洋，或者是清晨大雾的屋顶。熙攘之后，相忘于江湖。

每个人的生命中都需要那么一些空白期，来想清楚一些事，来规划一些方向。人的心境每一个阶段都会发生变化，如同河流冲刷掉每一个脚步。

他对我谈论起这本书，所有的语言都温柔坦诚。我喜欢袒露内心的文字，走走停停，观照内心。细细潜入，润物无声。看似简单却意味深长。

他内心是想保持一种疏离感，这种疏离感会在内心细细地灼烧，感受置身于时间中的流逝。是黑暗海面上的一束明亮的光线，带着隐约的肯定。遗失与记得、默然与回声、散落与回归，反反复复，一直有光亮。

故事里的人走了漫漫疲惫的长路，彼此邂逅旅伴，摆了一壶好酒，彻夜长谈。故事外的人还在不停地寻找，渴望相互拯救，交换生命中重要的部分。

与人相处和写作一样，应该关注更多的细节，用足够的时间打量。刻意的文字和刻意的人际关系都会显得单薄，当我们看到一本书，遇到一个人，在遇见的几分钟里，预感已经决定了一切。真实而深厚的感情，一开始便有定数。付出情感的书，会被妥善收藏。付出情感的人，就像默契对话下涌动的心绪暗流，都是值得珍惜的美好。

我珍惜这些自然的维系，这是长期默契下印证的信心和安定。

耿先生可以用自己的存在方式影响别人。这么多年的职场打拼，他有自己的做事风格，雷厉风行，干脆利落。我时常觉得人生中碰到亦师亦友的人是一种幸运。

耿先生一直都是稳重的人，心智成熟，处事低调。其实我知道，所有外界人看到的优秀，背后都是不断努力的叠加。

都说认真的男人最有魅力，他性格里有比较执著的部分，内心真正的想法会一直坚持。在无限的时空里，他会用有限的生命去表达自己，完成自己。沉着、真实。有原则和控制，有内心的力量。

大概这是一种生的恣意，也活得傲然的赤诚吧。

有时候待在一个地方太久了，太熟悉就会产生钝性，需要感知唤醒一些敏感的东西。这并不是旅行、谈话可以解决的。

或许一个人需要这么一段时间，或者是几年的时间，来达成内心的一种平衡。有时候感觉就像是一艘快要撞上冰山的船，最要紧的是怎么把自己救出来。

　　总是这样，我们选择什么，就要随之付出什么，得到什么，就要舍得放弃什么。要有自己的标准，跟着直觉和信念走，遵循品德和善良。

　　他一直在尽力避免这种事情的发生，内心的强大也是需要修行的，需要不断地唤醒，不断地强调。这也同时需要不断地学习。

　　所以，他写的文字和他的人一样，坚韧洁净，有倏然而至的沉静。在阳光下生长旺盛，在寂寞的时间里不断行走。

　　我问过他，有没有想过另一种人生。

　　他说，如果换一种生活，应该会找一个靠海的小城市，周围最好有大学，读读书，进厨房做做菜，乐不思蜀。

　　我笑他，原来你喜欢这种隐士的日子。

他举起一听啤酒晃了晃说，其实我很享受这一件事。

耿先生不论是写书还是生活，都充满了热情。文字本身就是作者情感的载体，落笔之时就有了既定的轮廓，停笔的时候，便建立了一种独立的意识，坦然自处。它是一种存在，被人评论、猜测、回忆，嵌入生命。

人到了一定的年龄，就需要获得一种与自我和解的力量，就像是大海冲刷岩石，磨损的同时也改变了内核与气质，使之目标清晰。

这些年来，他已经学会不再把希望完全寄托在他人身上，只会越来越努力地去追寻想要的一切。在自己能够承受的范围内尽力做好事情，就可以了。用漫不经心来掩饰心情的起伏，以免听故事的人也不知道该怎么安慰。

岁月绵长，我们总要学会，对热爱的事情不遗余力。

正是因为有了热爱的事情，才会觉得这个世界多了那么一点可爱。他有他热爱的文字，他努力地去给这些文字赋予灵魂，在文字和照片中，他愿意将自己修行的心得，分享给读者。

人生里，总有些心意或者感受，是需要自己体会的。或许独立之后做的最成功的一件事就是不满足那种安逸的状态，最好的状态就是他还是愿意去尝试的，也不怕尝试所带来的任何后果。

希望以后的某一天再回首起此刻，是柔软坦诚，能够被温柔对待，而不会因为无力感想要回到从前。也希望未来仅仅是闲暇时的小憧憬，而不是在以后妄想，可以驻足此刻。

回忆是一箱丰盛的行李，唯有通过它来感知到曾经的自己。原来时光流逝是这样一种感觉。

我们的生命，就是以不断以前进的姿态获得新生。那些只有自己感知到的，来自内心的呐喊，呼啸而来，没有归途。

年轻可以提供的，就是大胆，就是没有边际的梦想。年轻最吸引人的地方，就是在于对未知的一切，还有更多的可能性，还有许多的想象力和更多好奇。

我很喜欢黄碧云说的那句：如果有天我们湮没在人潮之中，庸碌一生，那是因为我们没有努力要活得丰盛。

　　我们都在走一条更深远的路，路上有不断出现的人，带着爱与相信，在时光里发生着故事。消逝和奔流的时光长河，我们遥望彼岸，等待泅渡。

　　就像是在大雪中被困住的野兽，深一脚浅一脚地走过来，满身狼狈，疼痛是真的，失败是真的，无助也是真的。可是野兽终究是野兽，结果没有答案，过程也须默默地承受。

　　生活还没有教会我们一笑而过的本领，我们还是会一次次地摔倒，只是不会再那么害怕疼痛了。没有了软肋，也就不需要铠甲，爬起来拍拍土，继续向前走，伤口总会愈合的。

　　虽然生活里没有完全的公平，但上天愿给予努力生活的人以公平对待。

　　即便沿途处处可见迷雾、断崖，你还是要往远方去。

即使江面水雾弥漫，渡口渺茫，你还是要到对岸去。

即使一生都在摸索爱的真相，渴望被爱，你还是要穿越生命保持敬畏。

力量有很多种，心平气和的那种最坚定。

虽然我们不知道未来，但一定要朴素地生活，对所有热爱的事情都要不遗余力。

愿你过上我从未看见与理解的生活。

爱着一个人，并且被之所爱，内心始终单纯而有力量。

就像耿先生在这本新书中所说的：

请相信，所有失去的，都会以另一种方式归来。

林楚茨

# 目 录
CONTENTS

# Chapter 1

## 岁月与记忆背道而驰

很多人希望随缘一世、一世随缘。
可又有多少人、彼此说了再见，就真的再也没有见。

电话那头，她声音哽咽，流着泪说：

分离的这三年，我去过很多地方，遇见了不同的人。

我以为我已经放下你了，但是没有。


接到她的电话，我正在首都机场T3航站楼取登机牌。

今天距离我们分手已过去了三年，距离最初相识已过去了五年。

彼时，她在墨尔本读大学，我在北京干着发不了财也饿不死的出版工作。

然而，空间上的距离和时差并没有妨碍我们成为情侣。

还记得当年，我们时差三小时。

在工作间隙，她会用微信发来她上课的样子，对我说，她将时间调成了北京时间，想要拥有与我相同的时间。

下班回家，她会用FaceTime跟我视频聊天，让我觉得家里不是只有一个人。

洗澡时，我看到她发来大段大段的讯息，顾不得身上的泡沫，忙擦擦手回复。

凌晨两点，即使困意已把思维吞噬，我依旧要等她先睡了我才睡。

半年后，我辞去北京的工作毅然飞去墨尔本。

墨尔本的一月正值夏季，她不上课的假期，我们会一起去旅行，或是海边散步。

有时，夜半无眠，我逗她此时此刻最想吃什么。她说最想吃国内的家常菜红烧排骨。第二天我便去附近的超市买好了相应食材。她平日脱发比较严重，我担心她营养不够，冰箱里总会常备牛奶和水果。

我一大老爷们就这么莫名其妙地变成了一个厨子。我把洗好的排骨焯水去掉血沫杂质，然后烧开水放入葱姜、大料、香叶、桂皮、盐，将焯好的排骨小火炖一小时。然后另起油锅，在油五成热后中火放入冰糖。待冰糖逐渐融化呈焦黄起泡后，再放入炖好的排骨翻炒……

我算好了时间，等出锅时她也差不多刚从学校回到家。

整个房间都弥漫着家的味道，一进厨房她就惊讶地抱着我说，亲爱的，你竟然会做红烧排骨。我捏了下她的脸说，小馋猫，还不快去洗手开饭了。

我将饭菜端到桌上，给她夹了两块红烧排骨和青菜，见她吃得开心，便忘了被热油溅到手背上起的水泡。

她自小肠胃不太好，澳洲早晚温差大，那段时间会经常犯肠胃炎。

有天半夜，她疼得难受，我送她去医院急诊打点滴。

她靠在我怀里，抱得很紧，好似一松手就会失去我的样子。

我每天都会督促她的饮食，以粥养胃。

一年后，她的头发变得比我初见时浓密，肠胃也健康了
许多。
但我们的感情却在不经意间，潜移默化地改变了。

我们很少一起去看电影、不再一起去逛超市、不再去旅
行，每天见面后她会自顾忙自己的事情，鲜少与我沟通交流。
即使两人一同靠在沙发上，她会不停地刷手机，和不同的人聊
微信，但我从不过问，只是如此感受着她的变化。

有时在超市，我会习惯地问她想吃什么。她会在电话里匆
忙回答我说，那个，记得给我带两瓶Perrier，别再给我买牛奶
了。我想起家里冰箱里还有前几天给她买的牛奶和她曾爱喝的
饮料，均丝毫未动。她的口味变了。

今天我们可以很在乎一个人，也许哪天累了，这份在乎
便永不会再有。

人往往都是在宠爱中，逐渐忽略了总以为是理所当然的在乎。

直到有天，恰逢英超联赛，有她喜欢的球星。

我本想在那天与她说，回国内要处理些事情，离开些时日。

她目不转睛地盯着电视屏幕，只是心不在焉地"嗯"了一声，又继续投入到球赛里。

那一瞬间，我仿佛听到了心底那一声长长的叹息。

那些犹豫不决的事，心里似乎有了答案。

而那些不确定的事，从来都不是不经意间决定的。

不是每段旅程都有胆量回望，我忍不住回头，却看到她的背影越来越长，长过叹息，长过时光，然后一点点离开最初的模样。

临行前的那个下午，墨尔本是个阴天。

她在电话里对我说学校有事不能去送我了，然后彼此道了声"再见"。

我在TAXI上看着车窗外不断倒退的景物和消逝的人。

那一瞬间，也许心里会在意，或不在意，不久即会遗忘。甚至，从来不曾记得。

很多人希望随缘一世、一世随缘。

可又有多少人，彼此说了再见，就真的再也没有见。

感情中最好的状态是，从前不回头，往后不将就。

人生大多时候，我们都是一个人在路上。

你所遇见的每一个人和看到的这个世界，只是为了让你完成这一生的修行。

五年后的今天。

她在电话里继续说道，我们还回得去吗？在你离开之后，我用了三年的时间才明白，究竟谁对我最好。

我回，我的路上曾有你，而你的路上却没有我。如果，如果你用心了解过我，我们，便不会陌路殊途。岁月与记忆背道而驰，五年一个轮回，我们只属于回忆。

# Chapter 2
## 时间会让你遇见更好的人

年轻的时候，爱上什么都不为过，
即使这份爱只有遗憾，或者空缺。

忙完企划案，已是深夜23：00。

远在纽约的Hedy发来微信问，睡了吗？

我合上笔记本，回了个表情。

想听听我的感情生活吗？没有性爱场面喔。很乏味的，怕你睡着。她说。


我与Hedy的相识还要追溯到半年前。

彼时，她刚从纽约读完本科，在北京CBD一家跨国能源公司从事财务工作。

性格开朗的她，是个射手座女生，今年刚满二十五岁，有事儿没事儿总会主动邀约喝个咖啡或红酒。

但，很少听她提及自己的感情经历。

有天她对我说，她喜欢上了公司的一个法国人。

我打趣她，你总算遇到你喜欢的男人了，这可是好事儿，还不赶紧的。

她遗憾地告诉我，人家已经有主了，而且还见过他的女友，挺般配的一对儿。

她无可避免地被法国男人深深吸引住。

她热切地暗恋他，把自己摆在一个纠结的旁观者位置。

然而那样的一厢情愿终究没有成功。

直到某天公司团建，在酒吧里，她喝得微醉才敢表明心意。

但男人不想伤害她，用委婉的语气对她说："Hedy，抱歉这样对你回复，不过我已经有女朋友了。"

被拒绝后的失落感，像昏暗的光线罩住她的身体。

她吞了一口酒，装作明白似地点点头。

或许他就是因此而迷人。

他对于她只是同事，而其他东西，就像深海里的暗涌，无声地沉没在了心底。


之后，她没有再为难他。

她站到一边，默默地守候，用自己衡量出来安静及令对方舒服的距离。


隔着十二小时的时差，我不忍打断她，问，所以你继续回到纽约读研？

她不置可否，继续讲她之后的经历。


金融专业课上，坐在她邻桌有个干净的男生。

仔细想起来，她不怎么讨厌他，于是决定往前走。

就好像电影《One Day》里艾玛和伊恩的剧情。


他们交往了两个月，日子过得淡如水。

"对不起。"有一天在从电影院散场回家的路上，她说，"我不能在这样的关系下，继续假装幸福地生活，我很明白，你对我好，但我并不快乐。"

"我对你是认真的。"他握着她的手。

Hedy心意坚决地摇着头，她感到疲惫。

"明年，或是研究生毕业，我想跟你结婚。"他说。

"我不能和你结婚。"她一面露出为难的表情，一面想跟他说明，"我已经二十五岁了，我不想再继续自欺欺人下去了，我要的爱情不是这个样子的。"

"你要的是什么样子，我都可以为你做。"他强调着，似乎可以为了她做出很大改变。

"你难道看不出来吗，我爱的从来都不是你？"她擦掉眼泪，侧过身来准备离开，"对女人来说，这种事只有一次，你明白吗？"

他不知该说什么，站在原地看着她远去的背影消失在纽约的夜幕里。

终归，她又孑然一身了。


假期，她从芝加哥一路自驾横贯66号公路到达加州圣塔蒙尼卡。

她把红酒喝出了不同口味，她喜欢香气里有酸味的年份。


后来她听北京的同事说，那个曾让她深度暗恋的男人，跟女友结婚了。

她知道，一切都结束了。


不知道为什么，她为那个专业课上认识的男生感到难过。

当初她对他那样冷淡，其实他也是热烈地爱着别人，却跟她一样求而不得。

自从分手以后，他们依然会在专业课上相遇，除了礼貌打声招呼以外，不再有其他。


她突然有了一种陌生感，不热衷，不冷漠。

好像一瞬间干掉的泥土，不知何时才会长出新的绿色。

Hedy讲完她的故事，已是凌晨两点半。

有些人有些事，似乎真要随着时间的筛选，我们才会慢慢的明白。

相逢分离不过是曲目的变化。

短则一念之间。长则几年，十几年，几十年。


年轻的时候，爱上什么，都不为过。

即使这份爱只有遗憾，或者，空缺。


她问：为什么人往往有了爱下去的真心，却失去了值得交付的爱人？

我从微信输入框发过去：时间会让你遇见更好的人。

# Chapter 3
## 我们没必要再去怀念从前

遇见的人，历经的事，都有它存在的意义。
而过去的，永不会再来

"时间杀死了所有的从前，我们也没必要再去怀念。"在朋友黎小姐的朋友圈上看到这句话。

　　我大概知道友人的恋爱状态。

　　一年前，黎小姐在北京一家互联网公司市场部工作，每天朝九晚五，经常和闺蜜兼同事佳佳在朋友圈刷脸，刚好两人都是单身，日子倒也过得自在。

　　黎小姐和佳佳都属天生丽质型女生，在此之前的感情都有相同的不顺。

上一段感情，算是黎小姐分得最酸爽的一次恋情，完全没有依恋，那分手无情男也跟她断得一干二净。因为有伤未愈，就无法去谈下一段感情，因为对爱情感到不安，就只能拒绝所有的温柔。就像是公主床下的豌豆，即使铺上了二十层床垫和二十床鸭绒被，还是会被下面的一粒豌豆硌得生疼。

　　而闺蜜佳佳，也单身约莫一年有余，追过几个优质男，却老空留遗憾。还在微博上，写了篇文给刚结婚的前男友，想念着对方过得好不好。

　　据说还是男性友人主动跟佳佳分的，不但托人把东西归还，她打去的电话，每次都找理由迅速挂掉，简直像陌路人。理由不详。

　　有人说，她前男友爱上了别人，有人说是因为父母反对……总之，分手后，佳佳在黎小姐家连续住了三天，喝的酩酊大醉，她坐在落地玻璃窗前看着北京繁华的夜，想不出来答案。

　　相同的处境下同病相怜，更容易惺惺相惜。就好似两个生病的人，抱在一起相互取暖。

旁人看着在公司同进同出的她们，纷纷打趣，若是以后让男友看到，也该吃醋了吧。

后来，因工作原因，黎小姐和香港一家投行的苏先生一来二去便熟识了起来。

苏先生是个射手座的绅士沉稳男，说话慢条斯理，但却细心得让人惊觉。除去工作，每周苏先生都会抽空为了黎小姐往返于北京和香港的航线，两人默契地从不过问彼此的感情经历，只看未来。

大部分的时候，黎小姐都会约上佳佳一起和苏先生去吃遍全北京城的美食，一起去看电影。

印象最深的一次是一起去看《速度与激情6》，黎小姐中途去洗手间，出来时，看到苏先生满面微笑地站在洗手间门口等她。她问他怎么不在里面看电影，他说电影院里太黑，怕你进去上楼梯时摔倒。然后苏先生牵起黎小姐的手，一级级台阶摸索着走回到位置上。

就这么一个小小的举动，让黎小姐铭记在心里许久。在漆黑的放映厅里，黎小姐希望这部电影可以一直放映下去，永不散场。

至此，黎小姐和苏先生的感情一路升温，好似被众人看好的蓝筹股，只会涨停，不会下跌。

那时在朋友圈里，还会经常看到黎小姐、苏先生，还有佳佳一起在斯里兰卡环海小火车和冰岛看极光拍的旅行照片。

三个月后，为了和黎小姐在一起，苏先生特意向公司申请外派到北京的分公司。

和苏先生同居的日子，黎小姐觉得分外幸福，每日与同事沟通处理工作，都会笑得很甜。还在茶水间跟佳佳合计着，等过年时要带苏先生回家见岳父岳母大人。

这段期间内，也许是因为太幸福了，黎小姐像个小女人一样会与苏先生说些感动而莫名的话。

比如看了一部让人感动到潸然泪下的电影，黎小姐会对苏

先生说：亲爱的，如果未来我死在你前面，你要答应我尽快找到另外一个女人来陪你，我不想看到你一个人孤单。

或者是在朋友圈上看到一起长大的发小晒孩子的照片，黎小姐会对苏先生说：亲爱的，如果我们以后有了孩子，你一定不要让我扮坏人，孩子不听话，只要我一个眼神，你就要给我揍，但不能下手太重喔。

如果刚好听闻谁谁又分手了，黎小姐会在沙发上搂着苏先生说：亲爱的，如果有天我先不爱你了，如果你感觉到，即使你爱我，你也要先提出跟我分手，这样我心里会好受些，不至于让我太自责。

苏先生听得不以为意，捏了捏她的脸颊说，小傻瓜，成天在想什么呢，我可舍不得跟你提分手。

那天，苏先生送给了黎小姐一件纪念别册，里面每页都放置了苏先生认识黎小姐后往返于北京和香港的航线机票，以时间顺序排列。

　　苏先生让黎小姐收藏好，并让她答应，将来两人无论变成什么关系，都要保存好，不能退货。

　　黎小姐看到那个纪念别册的瞬间，感动得无以言表。紧紧抱着苏先生，眼泪流不停。

　　然而，状态有时会潜移默化地发生改变，你无法看清自己被改变时的样子。

　　住在一起之后的日子，黎小姐和苏先生也像多数情侣一样，开始在生活中产生很多摩擦。他们吵架、冷战、让矛盾隔夜、和好，种种的过程都经历了，同时也磨损了彼此之间一大半的热情。每次吵架之后，苏先生晚归的频率便随着增加。

　　她知道让感情矛盾隔夜的，就是不对的人。对的人，是不会不在乎你的。她知道自己对苏先生的爱情，犹如纪念别册里机票上的字迹，逐渐变淡消逝。

　　同住在一个屋檐下，他们常常只能在早餐前碰个面，晚上睡前说句话。

有时在家许久的沉默之后。他问，你真的没事？她说，我可以假装没事。突然发现，不知从何时起，他们在同一间房里，却相隔万里。

黎小姐心里知道，这份感情可能又快走到尽头了，她内心苦闷。

在将分手的念头放在心里发酵了好几日后，黎小姐向佳佳倾诉了一番。

佳佳听完后，给黎小姐倒了杯咖啡，劝她不要分手，毕竟一段感情来之不易。并邀请黎小姐和苏先生周末去她家做客，帮他俩劝和。

周末这天，黎小姐和苏先生带了一瓶上好的香槟去佳佳那做客。

一进门，佳佳就热情地招呼着他俩。寒暄过后，佳佳在厨房忙碌晚餐的食材，苏先生靠在沙发上自顾翻看手机。

手机上各种消息的通知提示音不断发出响声，坐在边上的黎小姐不经意瞥了眼苏先生的手机，看到手机屏幕上方是连接的WIFI标识。

　　她有些好奇，怎么刚进门，他手机就能连接上佳佳房间的WIFI？

　　也许是刚才自己去洗手间的功夫，苏先生向佳佳索要的WIFI密码。黎小姐在心里自我安慰，没有在意。

　　佳佳不愧是相识多年的好闺蜜，一顿饭的工夫就让黎小姐和苏先生喜笑颜开、重归于好。

　　在这之后的一个月，苏先生对黎小姐依旧关爱有加，但是，不知哪里出了问题，总让黎小姐觉得不舒服。

　　直到有天下班，苏先生去黎小姐公司楼下接她吃饭，在餐厅里苏先生体贴入微地将黎小姐最爱吃的菜夹到她面前。

　　苏先生见黎小姐吃得可口，自己并未动筷，酝酿了许久，终开口道："那个……其实今天，是我有话想要对你说……"

　　黎小姐漫不经心地"嗯"了一声，看着他。

　　"其实我……喜欢上……公司里面的同事了，她叫……嗯……梓馨……我知道这样很不对，我应该早点说的……"他不安地握着手歉意地看着黎小姐说，"大概你也想换一种状态生活吧。"

　　黎小姐愣了愣，露出诧异的神情。
　　她突然想起她对他以前说过的那些话，她也知道她早就不再深爱他了，她在心里暗暗质问自己，难道我真的表现得这

么明显吗？没想到他还记得我对他说过的话，为了不让我太自责，他竟然还真的主动先提了分手。黎小姐突然有些感动，难以自持地流下了泪。

　　苏先生递过来一张纸巾说道："对……对不起……真的很对不起你……不要哭……都是我不好……你一定会遇到比我更好的人……"苏先生说得有些伤感。

　　黎小姐其实心里清楚，她流泪并不是因为对这段感情感到遗憾，而是厌恶自己连分手的勇气都没有，一直拖着，难为了自己也难为了苏先生。而眼前这个深爱她的男人，竟然为了要她解脱不惜演这么一出戏。

事已至此，第二天，黎小姐决定收拾行李搬离那个有太多回忆的房子。

黎小姐在房子里低头收拾着衣物，因自己的小心思，并不敢抬头和苏先生讲话，哪怕是眼神上的交流，恨不得立马拉着行李箱夺门而出。

坐在TAXI上望着窗外的黎小姐，忽然想起落在书架上当初苏先生刚来北京时送给她的纪念别册。那一本机票大概是他们在一起过的唯一见证，她甚至在脑海里已经描绘出来，在她走后苏先生独自黯然神伤的样子。此刻，黎小姐回想起来的都是苏先生对她的好。

谁都不知道下一秒会发生什么，有些事想了就要去做，有些人念了便要相见。

想到这里，于是黎小姐让TAXI掉头，然后匆忙地又搭上电梯回到他们的住处，为了给苏先生一个惊喜，黎小姐拿出那把忘记留下的房门钥匙，期待着打开房门的那一刻，她要给苏先生一个久违而熟悉的拥抱。

只不过距离刚才离开才两个小时而已，推开门的黎小姐确实看到了苏先生惊讶的表情，然后从浴室里走出一个围着浴巾的熟悉身影。

黎小姐张了张嘴，却说不出一个字。有些话不说，不是不想，而是，已无话可说。

遇见的人、历经的事，都有它存在的意义。而过去的，永不会再来。

原来，苏先生真的爱上了那个叫梓馨的女同事，就是围着浴巾的佳佳。

# Chapter 4
## 别回头，我不在你身后了

你说人终究都是殊途同归，我便相伴这世界唯一的你。
你说感情渐淡不过早晚，我便难忘难舍不离不弃
你说相濡以沫不如相忘于江湖，我便不复归来。

憬芊曾对我说，希望有天可以把我写进你的书里。

我答，若出现在我的书里，那多半不是美好的结局。

谁知一语成谶。

三年后，她果真出现在了我的书里。

但，我和她的距离，不过在彼此的记忆里。

# 1

在我还未曾跟憬芊相识之前，她会坚持每天给我写长长的 Mail，在短短一个月内跑遍国内的几十个主要大城市的书城，买光陈列在货架上所有我的书。

我不得不被她这份执著而打动。

后来在我事业处于瓶颈期，选择了创业的同时，也选择了她。

虽然过去了这么久，依然记得最初她说的那句：守得云开见月明。

在一起两年，犹如多数情人一样，有甜，自然也会有其余各味。

因为创业的忙碌，她一哥们，常常在夜深人静听她诉苦、安慰她，听她抱怨生活的无趣，两人还高兴地说，至少他们是好朋友，两人简直是模范异性好友。

她这一诉苦，某天，终于按捺不住，顺水苦到床上去了。

感情的深浅和时间的长短，终究比不上不断需索的人性。以为换一个人就是新鲜，以为被追求和爱就是成就感，但事实上，爱情中的每个状态，都是循环往复的。

即使你很用心，但许多事依旧不会朝着我们预想的方向发展。不是你不努力，而是遇错了人或方向出现了偏差。

而你依旧会翻看那些简讯，想提醒自己再多给予对方一些包容和理解。

你忆起恋爱初的美好，直至后来你们无可避免地发生争吵。

但到最后，你们不再同步，不再心有灵犀。

有一天，你们终于删除了对方一年或两年前发给你的无数条绵长的手机讯息。

你终于意识到对方早已比你先忘却那些简讯，早已不是当初的那个人了。

简讯删了，还可以再写。可是我丢了，你又去哪里找。

有些东西，变质之后就很难再去还原。距离，总是在不经意间被绵延、伸展，直至远离。

## 2

　　自从一年前我和憬芊分开后，便再无联系了。

　　如若不是最近收到她家人发来的邮件，也许，我和她此生，会就此山水不相逢，终老不复相见。

　　可到底，人算不如天算。

　　从她家人发来的邮件得知，她在半个月前诊断出了晚期胃癌，附件中还发来了一份医院开具的诊断书。

　　由于病情发现得太晚，家人拗不过憬芊的意见，她不愿在医院的病床上经过各种化疗痛苦而难堪地离去，最终选择了保守治疗。

　　邮件中说，憬芊希望我能尽快去见见她。言之恳切，容不得半点质疑。

　　无论过去发生了怎样的不愉快与背叛，在生死面前都已经不那么深切。

　　第二日上午飞往武汉的航班上，我望着窗外，那些遥远而无法遗忘的，云端三公尺。

　　每一次抵达一座陌生的城市，都会有别样的感觉。确定了行程，有些人还未见，有些人记在了心里。有时候会发现，我们走得太快，灵魂都跟不上了。


　　憬芊家在汉口，是一栋三层楼高的独栋别墅。

　　这是我第一次到她家，怀着久别复杂的心情去按门铃。

　　开门的是憬芊的父亲，见我到来，致谢的同时忙领我进了门，来到二层憬芊的房间。


　　世事无常，谁也没想到，我和她的再次相见是在一年后的这一天，曾经遭遇的那些伤害，却以另一种方式呈现。


　　憬芊见我到来，缓慢起身，未言一词，与我相拥。

　　我不及细想，抱着她清瘦的身躯，感到指尖冰凉。

　　她声音哽咽地说，希喆，你变了。

　　我问，变得怎样？

　　她答，严肃决绝。

又问，此一年你到底又经历了怎样的变故？

我不语。

每个人，对于某些改变，总有一些因果。之于你、之于我、之于其他人，皆会如此。

## 3

我松开相拥的手，呆立在原地，看着放置在桌上不知名的小药瓶和她面无血色的脸，顿时心生怜悯。

憬芊打破沉默，带着哭腔说道，我知道在这个世界上没有人像你一样在乎我，我知道我对不起你，我知道这一切都是我咎由自取，我知道这都是报应，我知道我不该背着你……我希望在我走之前你能原谅我，不然我下辈子也不会安心的。

一瞬间，记忆的影像又把我拉回到一年前。

我给你打了一个电话，而你惦记着其他来电，所以你将我的号码屏蔽。

可是其他来电迟迟未至。于是你想起了那个被你屏蔽的号码，你以为他还在原地。

可拨过去已然传来冰冷刺骨的重复音：对不起，您所拨打的电话已是空号。

你不知道我背着你，处理了多少我对你的感情。

要知道，那个号码起初是你最铭记于心的，是你的喜新厌旧和无所谓，把它遗失了。

许多人许多事，正是因为不懂得知足与珍惜，本该拥有的东西就与你失之交臂，当你再回头的时候，他已经不在你身后了。

时间的度量衡别轻易去丈量，那只会让自己，陷在记忆的夹缝里，无法脱身。

我强颜欢笑，展开双臂说，嗯哼，抱抱和解吧。

这是我们以前闹不愉快时，约定好的和解方式。

再次与她相拥，我看着她侧脸的轮廓，坚毅而苦涩，仿若一副飘摇的剪影。

她发现我的注视，有些释怀地问，希喆，你信命吗？

信，也信因果。

我不自觉用指尖拭了拭眼角，我不喜欢这样的情境，好似刹那间便生死两隔。

人好像总是得经历那段辜负别人的爱，然后，别人也辜负自己的爱后，才能有所感悟和认识。而我们为了证实这种领悟，彼此间往往承受了太多的伤害，使过去的那份爱，沉重，无可承载。

4

憬芊拉我和她一起和衣躺下，露出一个甜甜的微笑，然后打开手机的音乐，传出苏打绿的《小情歌》："你知道就算大雨让这座城市颠倒，我会给你怀抱，受不了看见你背影来到，写下我度秒如年难捱的离骚；就算整个世界被寂寞绑票，我也不会奔跑，逃不了最后谁也都苍老，写下我时间和琴声交错的城堡……"

这是我们曾经共同喜欢的一首音乐，歌声一如既往。

就好像过去的那些日子还不是很远，伸手的距离就可以衔接得上。

我们都不再说话，转眼间我仿佛置身黄沙滚滚的大漠，苍茫、孤独、悲伤，浓浓的惆怅化不散，解不开。命运的轮盘，被飓风裹挟着摸不着方向，过去的细枝末节宛如沙粒入眼，直想潸然泪下。

某一瞬间，我听到憬芊贴在我耳边轻声说道：路太远，总有一个人要先走。

下一秒钟，我感受到她正吻上我的脸颊，我不禁颤了一下。

然后她把我抱得死紧，仿佛唯有这样才足以表达对我的歉疚。

我听见她头上发夹叮一声崩开脱落的声音，心口突然一紧。

　　他们都说，爱一个人是劫，有人劫后余生，有人在劫
难逃。

　　曾经以为你是苍茫大海上的灯，是我曲折人生里唯一值得
的相伴。

　　殊不知，每一个人的到来都会完成一些事。然后，陪伴或
离开。

事已至此，为了使憬芊不至于太悲伤，等到她睡着后我才离开。

看着她熟睡的身影，我在心里默默说道：别回头，我不在你身后了。

生命轮回，循环往复，有人进入，有人离开。

你说人终究都是殊途同归，我便相伴这世界唯一的你。

你说感情渐淡不过早晚，我便难忘难舍不离不弃。

你说相濡以沫不如相忘于江湖，我便不复归来。

曾与你亲密无间的人，连同那些感情和过往，离开、远去。

下回相见，如果还有机会相见的话，我们都不会是原来的我们了。

相爱需要勇气，而其实，离开也是。

我们拥有了爱情，但却终究败给了时间。

时间终会带走所有曾经以为的放不下。

再见，回不到的过去。再见，最好的你。

后来，憬芊因胃癌离开这个世界以后，有天收到她发来的最后一封定时Mail，邮件正文只有一句话：

往事暗沉不可追，来日之路光明灿烂。

# Chapter 5
## 如今最好别说来日方长

纷纭的迷惘，犹如夜晚中的浓雾。
因为远方灯塔的一道光洒落入海中，轮廓逐渐清晰。
那些情感是不用与人分晓的，带着可靠近的温度，
自然而然的潜伏过去，凝望彼此。

刚过凌晨一点，还在赶稿的我突然看到手机微信对话框弹出一条消息：耿哥，我终于找到我想要结婚的那个人了！

　　一看消息是身边一个关系很不错的女性朋友小妍发来的，心想他妈的，大半夜的又来虐单了。我有点不明所以，把文稿最后一段收尾，问她，不是那谁谁谁吗？

　　小妍发来开心的表情，回说：不是，早就跟那谁分了，现在这位真说来话长了。


　　小妍是大连姑娘，在软件园一家公司从事营销工作。故事要从三年前开始说起，那一年她刚满二十三岁，水瓶座姑娘，性格含蓄。作为刚毕业离校的职场新鲜人，每天都会尽职尽责地最后一个下班，深受部门同事喜爱。

小妍说，若不是几个月后公司外派她和相邻产品部的Z先生去济南出差，怎么也不会有后续的事情。公司给济南的客户产品推介会定在周五，原本周五晚上就可以回京。

在客户公司中场休息的时候，Z先生问她："明天周六你有安排吗？"

小妍和Z先生因同事关系，已经认识了几个月。平日只在公司开例会和相关工作环节配合时才有交集，不算太熟，但也不陌生。Z先生那年二十六岁，也从别的同事口中听说过他是济南人。他有着干净的面颊，挺直的身材，但跟小妍一样，也还是单身。

未等小妍开口，Z先生便开口道："要是回去也没什么事儿，不然在济南再待一天吧，我发小哥们明天大婚，我当伴郎，带你去凑个热闹。"

小妍望着Z先生真诚而充满期待的眼睛，心想这是她第一次到济南，回去也没什么急事，无非就是宅在家里好好睡一觉，大好光阴不能就这么浪费了。

可能是为了打消她的顾虑，Z先生连忙补充道："什么都不用准备，你就当去吃顿便饭好了。"他的眼神不同于以往工作场合，温暖迷人，这份邀请让小妍无心拒绝，欣然应约。

第二天的婚宴在泉城济南历下区的一家酒店举行，婚宴上，小妍看着台上忙前忙后的Z先生，好似新认识了一位新朋友，她优雅而发自内心地面带微笑。Z先生陪着新郎新娘来他们这一桌敬酒，新郎对小妍打趣："这是未来嫂子吧，什么时候也赶紧把事儿办了。"

小妍想说什么，但在满场的欢声笑语中又欲言又止。为配合氛围，她将高脚杯里不多的红酒一饮而尽。她知道全桌的人都在好奇地打量她，以免尴尬，她把目光移向站在新郎新娘背后的Z先生。

他们之间，相隔两个人的距离。

待婚宴结束，小妍和Z先生回京的路上，Z先生问小妍，在济南玩得开心吗？

小妍点头道："工作忙久了热闹下真心不错，比一个人过周末开心多了。"

然后在车上有一搭没一搭的闲聊中，小妍不知怎么就问了一句："你发小都结婚了，你呢？打算什么时候找个姑娘结婚？"

Z先生说："刚二十六岁，不急，来日方长。"

一句"来日方长"让小妍顿感熟悉，自从大学毕业后就一直单身的她，何尝不是如此安慰自己。

小妍望向车窗外，一片片来不及看清的景物从眼前瞬间掠过。

周末结束，两人又恢复了工作常态。

在工作上，小妍和Z先生他们总是能不约而同地选出同样的产品方案，制定相同的营销策略。当各部门总监意见分歧时，他们不需要事前沟通，就能默契地给出一致的意见。

有时在上班的电梯间偶遇，她看到他的手机屏幕上正在听的歌，正是她在地铁里听的那首歌。

她记得有一次，两个部门开联合会议，早已过了饭点，等Z先生出来时，看到桌位上放着一份热乎的外卖便当，在微信里除了给她发来感谢的话外，等她从洗手间出来时，看到自己的桌位上放了一杯COSTA热咖啡。

每当他微信朋友圈有更新时，她都会第一时间点开，然后评论个可爱的小表情或顺手点个赞。

有时加班到很晚，他通过叫车软件，都会顺道捎上她。每当小妍要付钱时，都被Z先生婉拒，说是来日方长，以后有的是机会。而在以后的每一次，却从没让她付过钱。

他们在同一个公司相同的楼层上班，每天抬头不见低头见。他是这个世界上，跟她很合拍、万分默契的另一个她，一个跟她喜欢同样书籍、电影、旅行的人。身边同事都以为他们会在一起，谁都没想过，从此居然花费了整整三年，除了在公司和朋友圈笼罩着暧昧以外，没有更进一步的互动。

后来，两人又各自换了公司，职位都得到了升迁，但依旧是在相同的行业里，工作内容从单层次的执行到部门的管理。银行卡里的数字不断递增，而孤独就像那些数字一样，永远地封闭在那张卡片里，不会平白无故消失，而又如影随形。或许是时机不恰巧，或许是两人之间没有任何一方有足够的勇气，他们一直没有走到一起。

小妍不知道以后自己还能不能碰到一个跟他一样的人。

再后来，他们都有了各自的男朋友和女朋友，唯一的联系方式只剩下微信朋友圈，冰冷但不可或缺。

小妍哀叹，那几年的日子就这么一去不复返了，他们之间上演的不是偶遇，而是一再的错过。爱情就像是一次旅程，擦身而过的瞬间似乎就错过了彼此。

她也自知：命里有时终须有，命里无时莫强求。

故事的转折，得益于小妍的男朋友在一个月以前，和一个比小妍年轻两岁的女生好上了，男友劈腿的消息，终于在她一次无意间看到男友手机上没来得及删除的微信聊天对话框时被发现了。

小妍那次质问男友，到底是不是真的？

男友开始支支吾吾，见搪塞不过，也索性摊牌，试图挽回。

男友不知，小妍其实是个眼里揉不得沙子的女生。

一段过期的关系，就像过期的食物需要丢掉，否则只会让你心疼。

当热情没有了温度，当炙热开始冷却，当恋人不再是恋人，才轻轻地叹息，一段关系只剩下心力交瘁的横生羁绊。

你该放不下的不应再是对方，而是因为放不开手而遍体鳞伤的自己。

小妍那晚哭红了眼，心想他妈的，老娘也好歹年轻过啊。

至此上一段感情告终。


恰逢年底，各家公司相继开年会。

Z先生可能是得知小妍的感情变故，邀请小妍去参加他们公司的年会换个心情热闹下。

当小妍来到Z先生公司举办年会的酒店楼下，见Z先生早已等候在门口，她的内心一瞬间像是被什么击中了。

这一年，小妍二十六岁，Z先生二十九岁。

岁月好像跟他们开了场玩笑，他的笑容依旧亲切，眼神依旧温暖，眉宇间英气逼人。

这一幕不禁让她下意识想起，三年前他带她去参加婚宴的那一幕。

　　"嗨，好久不见，你这一身真好看。"Z先生绅士般接过小妍刚脱下的黑色大衣，看着下身穿着黑色打底裤，上身着酒红色裙子外搭一件藏青色开襟毛衫的她说。

　　"哪有好久不见，半年前我们不是还在首尔出差见过吗？"她以熟悉的语调与他寒暄，然后他们相视笑了起来，一切都是那么自然。

　　Z先生的同事们，都以为陪同Z先生出席年会的女伴是Z先生女友，纷纷要敬酒。年会的喧嚣，好似一阵风，吹散了因失恋而长久笼罩在小妍心头的雾霾，让她变得明朗开怀。

　　酒过半瓶，他们从工作聊到各自的感情经历。也许是在酒精的鼓动下，接着，不知道是谁先起头的，他们用一种坦白的态度，聊起了以前的事情。

　　"还记得吗？我们还在同一家公司的时候，也是开年会。那次我喝醉了，你送我回家，我把门打开，邀请你进房，是你托辞太晚了不进来。"她端着酒杯的红酒，带着一丝惋惜的语气看着他。

Z先生听她说完这句话，先是惊讶，后是沉默，以迷离的眼神看着她。

"其实，是我不想失去你。"Z先生回答。

她也明白：无论如何都不想失去的人，最好保留在朋友关系以内。如果跨越界限成为恋人，结局可能是永远，但也可能是永别。

那一瞬间，他们彼此对视着，总算，跨出了横亘在心里以为不可逾越的那一条线。

对着他时，她好像在镜子里看见了另一个自己。

"我也说件事，半年前你去首尔出差时，看到你在朋友圈晒了动态，我刚好也被公司派到了首尔出差，那个晚上我们相约见面吃完饭后，我提议你到我的酒店住。当时，你也是没来。"Z先生轻声说道。

那时他刚失恋，而她跟前男友还如胶似漆。

她用难以言说的眼神，凝视着他的脸。周遭的光线和人仿佛都被雾化忽略，唯独和他有关的记忆，有着特别深刻的色彩跟分量。

而他也用一种久违的神情回应地看着她，那无须任何伴装修饰的眼神，自然而情深。好似迷失在荒漠中的人苦等许久的一场雨，足以温润她这些年因情伤逐渐干涸的心。

无论时间是否为时已晚，他们把当初没有说出口的话，借着喧嚣与酒精的氛围终于在那晚的年会上说了出来。无论怎样，说出那些埋在心底许久的话，至少能让彼此都好过一点。

有时候，她会忍不住幻想，要是当时抛下一切，义无反顾地跟他走在一起，现在的他们会过着什么样的生活？他们会更幸福？还是会后悔在一起呢？他，是不是也曾经跟她一样想过这样的可能呢？

夜晚22：00，公司年会接近尾声。

小妍不知Z先生目前的感情状态，一直想问，但话到嘴边又咽了下去，生怕听到不想听到的结果，只是随口问道："你什么时候放假回济南？"

"后天上午的高铁票。"Z先生打开手机看了眼购票短信，然后问她，"你呢？公司哪天放假回大连？"

　　"明天下午的机票。"小妍穿上大衣，和Z先生并肩走出酒店门口。

　　Z先生点点头，没有接话。还是像以前一样，Z先生叫了辆车，顺道送小妍回去。

　　临下车时，小妍不忘对Z先生说一声："谢谢今晚邀请我参加你们公司的年会，很开心"，然后隔着车窗玻璃，互相挥挥手，礼貌地道别。

　　小妍看着逐渐远去的TAXI，站在原地，抬头看了眼夜色下的天空，有两颗若隐若现的星辰，距离不远也不近，就像她和Z先生的关系。

　　北京的冬夜干冷而清新。

　　小妍心想：真正的坚强不是拒绝逃避情感，而是直面承受情感的沉重。

　　然后她拿出手机，终于还是给Z先生发出了一条消息：对了，忘了问你，现在是单着还是有了新女友？

没过一会儿，微信上就传来Z先生的回复：和你一样，那个，下次我们什么时候再见？

小妍看着微信舒心地笑了，给他回复：来日方长。


"如今最好，别说来日方长。"小妍有点惊讶，那声音亲切而熟悉。

她转过身，Z先生不知何时出现在她身旁，看她的双眼充满了暖暖的爱意。


曾经的迷惘，犹如夜航中的浓雾。

因为远方灯塔的一道光亮落入海中，轮廓逐渐清晰。

那些情感是不用与人分晓的，带着可靠近的温度，自然而然的潜伏过去，凝望彼此。

人和事的变迁无常，总在不经意间微妙蜿蜒。人生，就是一路有不断的惊喜。

就好像三年前一样，他们两人之间，隔着两个人的距离。

# Chapter 6
## 相濡以沫，不如相忘于江湖

有些事情能遇到一次已是恩赐，回忆纵横交错，
抹去记忆是一件花时间的事，记忆只属于时间。

如果你说：别来无恙。

意味着：问候与保重。

但此去经年，早已迷失与错过。

曾经无处安放的情感，不如各自归位。

只愿：你别来，我无恙。

# 1

得知许卓扬要结婚的消息时，我和蓝以沫都被这突如其来的婚讯着实惊讶到。

而我们惊讶的最大区别是：许卓扬是我在北京的兄弟，平日没见他怎么秀恩爱嘚瑟，但他和苏婧前后认识不到三个月，却是实实在在的闪婚。而蓝以沫，在我们朋友小圈子中都知道她喜欢许卓扬，这突如其来的婚讯，让她瞬间从梦幻中醒来。

我不知道你们有没有这样的朋友，一个愿意吸纳所有的恩慈，面对感情的变故也坚韧静默，始终等待可以把脸埋进他胸口的人，可以停靠，可以休息，也可以上路。另一个却逆道而行，感情变迁不过寻常，止损、退让、独自消逝，逐渐调适。前者是蓝以沫，后者是许卓扬。

她爱他，众所周知，却不知他知不知。

我们三个从事于不同的职业，但都有一个共同的兴趣：旅行。

一年前，我们相识于去往斯里兰卡的飞机上，三人凑巧都是单独一个人外出，因相聊甚欢，飞机落地后便一路相伴。

这一年的蓝以沫二十七岁，是个威海姑娘，面貌清怡，眼睛很大，气场独特。大学学的是市场营销专业，辅修法语。在北京一家护肤品互联网公司担任品牌总监，与人沟通大方得体，在不同场合说话模式分分钟切换自如。

而许卓扬，东北男人，二十九岁，家在沈阳。跟我一样大学一毕业就来了北京，开始他在广告公司任职，做过创意，还带队做过客户销售。这几年正值创业公司遍地开花的阶段，许卓扬瞅准了发展机遇，自立门户在东三环开了家广告公司。通过不断奋斗，在北京买了房也有了辆进口奔驰轿车，现在公司也初具规模有三十人左右的团队了。

他俩都是我朋友圈中为数不多靠自己能力，在北京非常上进的正能量典型代表了。

那天刚好是周五，下班后许卓扬约了我们要喝酒，说是要把这突如其来的喜讯跟我们好好扯下来龙去脉。

结果这小子因婚前各种忙碌，临时有事脱不了身，愣是晾了我们几小时。

蓝以沫来时穿了身职业裙，头发蓬松盘起，没有佩戴任何首饰，看起来轻盈大气，她一直都是这样的平静淡然。

以沫坐下来跟我喝了几杯酒，看她还想继续喝，被我劝下。我觉出她的不对劲，试探地问，卓扬这婚结的也忒突然了，哥年龄比你们都大，也算过来人，看得出来你喜欢他，怎么不直接告诉他？说出来兴许你们一早就成了呢？

她的神情微微有些恍惚，抬起头晃着杯子里的酒，暖黄色的灯光把她影子投在墙上，连带着声音都那么疏离。笑容牵强的就像是初冬的冰面，轻轻一碰，就会支离破碎。

以沫透过玻璃杯看了我一会儿，轻轻地说，哥，我已经离他那么近了，他从来没有回头看我一眼。

我点头。她退而守之，保全仅剩的友情。


我问，那卓扬婚礼你还去吗？

她点点头说，去。

静默不语的容量隐藏了多少翻来覆去的挣扎。你找到幸福，我只能微笑着凋谢。


等卓扬的间隙，以沫跟我聊起她的小时候。

以沫的身世在旁人听起来，也算很有故事。


她打从出生那刻起，亲生父亲就跟母亲分开了。她母亲姓蓝，便跟了母亲的姓。后来等她长大些，母亲改嫁给了一个做烟酒生意的小老板，也就是她长大后这些年来的继父。不过以沫说，她从小到大从没有见过亲生父亲，也不想称继父为"爸爸"，大学毕业工作后就一直称继父为"于先生"。


于先生待以沫如亲生女儿，异常疼爱，从小到大要什么买什么，她从未在物质上有过委屈发过愁。九十年代开始，母亲和于先生就一起同心协力为事业打拼，兢兢业业，他们从最初的烟酒生意，发展成一家做外贸进出口的公司，专门代理国外葡萄酒，再到后来，直接在法国的波尔多买下了一座葡萄酒庄园，事业如日中天。母亲和于先生常年都不在国内，每次打电话母亲就会试图说服她去法国跟家人团聚。

以沫知道他们有多想念她，她不能轻易改变现状。因为她知道她会永远拥有他们，但她可能会随时失去他。

2

许卓扬匆匆赶来，已是晚上九点半。以沫看菜已凉，又吩咐餐厅服务生再上几个热菜。

卓扬还未换下西装，一手放下公文包，一手松扯着领带，骨节分明。蓝色衬衣剪裁简单，质地精良。

他举起一杯酒充满歉意地说道，真对不住了，本来会准点儿到的，哪知路上给耽搁了，今儿我买单当赔不是了。

以沫给卓扬夹了块烤鸭，瞬间换了明朗的笑容，揶揄他，来来来，给你夹块你最爱吃的天鹅肉。

她一直在追寻漫长时光中的唯一笃定，也许这是一件注定会令人失望的事，所有的问题只好忽略不提，心里开始有些难过。

她从来没有表达过感情，不管是爱，还是难过。

我说，卓扬呀，咱仨才多久没聚，你这就先我们一步要弃我们而去，抱得美人归啦。

卓扬笑道，哪能呢，我这不是先帮你们探探围城里的日子到底如何嘛。

然后他一本正经地从包里拿出两份喜宴请柬，分别递给我和以沫，笑着说道，瞧，请柬我可都带来了，二位届时可一定要赏光呀。

我接过请柬，打开看到上面赫然印着卓扬和新娘苏婧的照片。单从照片看，苏婧果然有几分姿色，但从面相看，总有说不上来的一丝感觉。

以沫看完请柬马上开口说道，哟，还真是个美女，我说呢，谁能把我们卓扬这么快给勾搭走。放心吧，我和耿哥可是你的后援团，那天一定到，红包可都给你准备好了。

卓扬端起酒杯敬我们，然后跟我们聊起他和苏婧相识的来龙去脉。

时间还得追溯到两个半月前，那天许卓扬签下一个大单，陪客户吃完饭后开车回家，没想到在途经新天地的半路上被一辆MINI追尾了。

卓扬从后视镜看到MINI车的车头和自己的车尾贴得紧紧的，由于是晚上光线暗，也看不清后面那辆车的车主是男是女长什么样儿。

卓扬便熄了火下车，走到MINI车旁，拍着车门对司机喊道，你怎么开的车，没看见追尾了吗？

MINI车的车主急忙下车，赔礼道歉：对不起，对不起先

生，是我不小心，请你见谅。

声音清澈而温柔，悦耳动听，让人倍感舒服。许卓扬愣住了，走下车的是一名二十多岁的美女，她身着一袭白色抹胸裙，精致的花边衬出白皙的双腿，修长挺拔，玲珑的曲线完完全全被勾勒了出来。发丝自然地垂落下来，划过耳际，白皙无瑕的皮肤透出淡淡红粉，整个人如出水芙蓉般，既干净又漂亮。

卓扬看着眼前楚楚可人的MINI车主，他瞬间怒气全消，连忙笑着说道，自己的奔驰车碰得并不严重，仅仅是车尾部被碰掉了一些漆。

在通知保险公司和警察来处理时，两人开始闲聊了起来。没过一会儿，便从素未相识的陌生人变成相熟的朋友，引得过往的司机纷纷侧目。

卓扬得知，苏婧二十五岁，大学是金融学科班毕业，主修国际金融、金融分析、公司理财，现在北京一家互联网金融公司任职客户经理。

当苏婧知晓卓扬的情况后，开心地说道，幸好我这车型小，不然把你这支商业潜力股撞出什么事儿了我可担待不起呢。

卓扬也乐了，正所谓不撞不相识，也算是缘分，两人互相加了微信。

事故结果交警认定苏婧负全责，由于是晚上，卓扬没能及时将车送到保险公司指定的修理厂去维修，便顺势要了苏婧的电话，说到时将修车费发票交给她，一同找保险公司理赔报销。

经过这么一折腾，已经很晚了，卓扬绅士般想邀请苏婧去吃个夜宵。然而，苏婧委婉地拒绝了。看着苏婧开车远去消失在夜幕里，卓扬怅然若失。在心里觉得，苏婧就是他喜欢的样子。

第二天下午，卓扬就收到了苏婧在微信上发来的消息，问他的车是否修好了。卓扬说，自己还没有来得及去取车，但是觉得跟她聊天很开心，想约她晚上吃饭。苏婧犹豫了一会儿，还是答应了。

晚上，两人在朝阳大悦城的一家餐厅相见，聊到很晚。无论是聊最近新闻热点，还是工作状态，苏婧的脸庞始终带着似有若无的微笑，明眸皓齿，深情的眼神让卓扬欲罢不能。

此后，经过一段时间的交往，两人的感情迅速升温。为了方便朝夕相处，苏婧退租了之前在朝阳区的房子，直接搬到了卓扬那住。

苏婧不仅精通厨艺，还很有金融理财能力。在卓扬看来，苏婧是一个不可多得的精品贤惠女人。同居两个月后，卓扬便带苏婧拜见了父母大人，接着双方父母见面，选定了良辰吉日，这桩婚事即如此定了下来。

### 3

卓扬结婚那天，北京是个大晴天，不过刮了很大的风。

记不清这是我参加过的好朋友的第几场婚礼了，我对旁边的以沫说，索性还有你也单着，不然，这日子真没法过了。

我看以沫似是而非地点头，眼睛直直地盯着穿着西装的卓扬和穿着婚纱的苏婧，便对她说道，别想了，以后好好过你的日子，卓扬终归是找到归宿了。

以沫当时说了一句话，夹杂在喧闹的人声鼎沸里，我没听太清，只隐约听到几个字：以一个女人的直觉，我觉得苏婧并不像表面上看到的那样好。

自那次在婚宴上和苏婧见面后，卓扬偶尔约我和以沫出来聚会，还会带上苏婧。

有时，我客气地寒暄问道苏婧的工作内容，她会跟我们滔滔不绝。

无非是，她所在的公司是一家资金雄厚的大财团旗下的全资子公司，前景广阔；或者是，她们公司现在有个什么什么项目，非常有投资价值，回报率是多少多少百分比；又或者是，耿哥、以沫姐，你们要是看中哪个项目就跟我说，我一定给你们一些内部消息等等。

以沫看了一眼在旁边刷手机的卓扬，然后说一声，不好意思，我去下洗手间。

许卓扬不知道她能坐在对面听这些话用了多大的勇气。她走在一条深暗的隧道里，总有一天会走到头，见到光，只不过这条隧道会很漫长，走出去的人必须放下一切希望。

那些日子，因为有在互联网行业工作的经验，我还真打开了苏婧公司的网站，从主页到二级页面，我仔细浏览了公司介绍和投融资借贷项目，发现很多企业的融资项目名称几乎听都没听过，数额额度和项目介绍几乎惊人的一致。

我把网址发给以沫，对她说，你大学是学市场营销的，在互联网公司也干了好几年，瞅瞅苏婧他们公司是不是有问题。

过了约莫一小时，以沫发来消息说，苏婧他们公司挺不过过年你信吗？

与此同时，我看到以沫发来的很多相关网址信息，每看一点，心里愈发紧张。

没过一会儿，以沫又说，我让我一做天使投资人的朋友陆逸辰也看了下苏婧他们公司的情况，结果分析得头头是道。陆逸辰是小有名气的互联网投资人，毕业于美国哈佛工商管理学院。他说，假设苏婧所在的公司是个庞氏骗局，那它必须保持几何数字的增长，增长一旦放缓，就会崩盘。而从数据上看，他们公司自去年九月份开始，增速在放缓，十月和十一月两个月几乎没有增长。而一月份将是苏婧他们公司第一次集中还款期，再加上年底投资人减少，所以年前一定会崩盘。

我听得不寒而栗，半个月前还听卓扬提起，他为了给苏婧提升业绩，给他们公司的几个项目投了两百万。

我把对卓扬的担心告诉了以沫。
不到两秒，以沫立马给我回复：你说什么？！
千真万确！我回她。
不行，我得赶紧把这事儿告诉卓扬，不能眼睁睁看着他摔倒啊！

我说，是得说，不过……

以沫似乎明白我的顾虑。

她说，哥，你放心吧，我懂，我只是给他提个醒。我毕竟是个局外人，即便卓扬看不到我心疼他的那一秒，谁也不能阻止我甘于做个尽责的小伙伴吧。

## 4

刚开始卓扬在接到以沫的电话时，并不以为然。

后来以沫风尘仆仆地赶去卓扬的公司时，对卓扬说，你要是再不赶紧赎回你投资的两百万，恐怕下个月你那些钱全都打水漂了！

卓扬头一次觉得以沫这么认真跟他说话，下班回家便跟苏婧说起此事。孰料，当苏婧得知他听信以沫的话要赎回那两百万时很不高兴。

她委屈地说，最近是有不少客户赎回，可那都是鼠目寸光的行为，最近谣言很多，但是我们集团马上就要借壳上市了，上市后所有谣言不攻自破。到时你投的那两百万也会收益很多回报。

　　卓扬进一步相劝道，要不，咱别在那折腾了，我这边不是也守着一家广告公司嘛，你每个月什么都别干了，我也养得起你，要实在闲不住，你就来我们公司当个客户总监呗！

　　苏婧有些生气，卓扬，咱俩从刚认识那会儿，你应该就知道我也是想做出一番事业的，现在没错，我的职位只是客户经理，可是以后每个月完成的融资指标不一样，我的职位会逐步提升的，收入也会不断上涨。你把我当什么人了？我怎么可能是个吃白饭的人？你这么相信蓝以沫说的话，说明你心里压根儿就没我。我在你心里什么都不算是吧？你跟她去过好了！你这样做，让我很没有安全感！到底你跟谁才是一家子？到底谁才是你老婆啊？

　　苏婧泪流满面，泣不成声。卓扬听她这么说，心也软了下

来，觉得苏婧也是金融学科班毕业，不可能没有分辨能力，她这么努力有可能也真是想做出一番事业。

事后证明，如果那时候卓扬听了以沫的话赎回当初投的那两百万，或许还是有可能规避风险拿回来那笔钱的。

平日，卓扬和苏婧除了一些摩擦和矛盾外，两人相处得还是比较愉快的。苏婧偶尔会带卓扬参加自己朋友的聚会，她的朋友几乎是互联网金融圈清一色的美女，看上去都颇有修养。

和苏婧在同一家公司担当客户经理的丁小可，见卓扬帅气有加，羡慕地说道，婧婧，你可真有福气，你家先生不仅长得一表人才，在北京还拥有自己的公司，让姐妹们都很羡慕呀。

所谓说者无心听者有心，丁小可的话，引起了苏婧的警觉，她开始疑神疑鬼，不允许卓扬与其他女性接触。卓扬捏着苏婧的小鼻子说，难不成还不让我出门工作了。苏婧则撒娇地说道，反正我就是不让别人打你主意。

这一瞬间的心动，就如同即将破晓的黎明，忽而略过微红的光线，惊艳得让人心生无限欢喜，早已忘记这艳丽也是稍纵即逝。

　　许卓扬忍不住地笑，他享受这种被在乎、被撞击的无法言喻的感觉，也许不只是许卓扬，换作谁都一样。

　　过了没多久，有天我突然接到一个归属地是北京的陌生号码，刚开始没在意，以为是各种广告推销电话。直到这个陌生电话拨打到第六遍时，我才狐疑地按了接听键，喂，哪位？

　　接通后，声音熟悉而陌生，没想到居然是苏婧打来的电话。

　　她几乎是恳求的语气，耿哥，知道你是卓扬最好的哥们，我就长话短说了，最近我们公司呀，有个非常不错的融资项目，你手头也有不少闲钱，放着也是放着，不如投点到我们公司吧？万儿八千的，多多少少都行！

　　我又看了一遍来显电话，很惊诧真是苏婧打来的电话，这也是自相识以来她第一次开口说让我帮帮她，投钱给他们公司的项目，也是她第一次用这种语气跟我说话。

　　直觉告诉我，一定是出什么事儿了，我直言问道，苏婧，怎么了？发生什么事儿了？

　　苏婧说，哎，别提了，这几天我这边不少客户都开始赎回投资的项目资金了。公司给我的压力太大了，我实在挺不住了，现在的情况是，如果我的业绩再这样掉下去，我的客户经理的职位就不保了！可能还会影响到我和卓扬的感情，要是那样，我真的接受不了！我这两天还得想尽各种办法抓紧再发展几个投钱的客户，耿哥，可一定要帮帮我！

　　我不知该说什么好，沉默中，苏婧继续说道，耿哥，你放心，有我在资金绝对安全，等过了这个难关我们公司一上市，你一定会赚得盆满钵满的。对了，耿哥，我给你打电话这事儿，可千万别让卓扬知道，我不想让他为我担心。谢谢啦！

　　听苏婧说完，我按下了屏幕上的挂断键。发现人与人之间的信任，最初是完整的，在与人连接的过程中，必然会经历各种碰撞与割裂，犹如失落的碎片。

我闭上眼冥想的一刹那，突然预感到在今后的日子里，我所在的生活里还会发生许多接踵而至的变化。

5

半个月后，已是一年的年底，苏婧所在的公司因庞氏骗局非法融资诈骗案，果然东窗事发。犹如多米诺骨牌风卷全国，各大媒体头条铺天盖地般袭来。

苏婧在那个周末，从家里被警方带走，协助调查。突如其来的变故，打乱了卓扬所有的正常生活。

以沫开车载我去卓扬家，卓扬的神情好似经历了一场浩劫，以沫安慰他，别太担心，听内部朋友说，苏婧应该没事儿，毕竟不是公司高层，只是象征性地去接受问询。不过，不过，你当时投的那两百万，一时半会儿是拿不回来了。

我跟卓扬说，如今是非对错都已经不重要了，你好好洗个澡睡一觉，可能一觉醒来苏婧就回来了。

那天是我见过的卓扬为数不多的非常萎靡的一天，我和以沫临走时对他说，嗨，哥们儿，有事记得给我们打电话，为你二十四小时开机。

那天下午，卓扬刚洗澡出来，忽然听到桌上的手机传来"叮"的消息提示音，那是苏婧被警方带走时留在家里的手机。

卓扬一时好奇，顺手拿过来一看，原来是苏婧的姐妹丁小可发来的，内容却很诡秘：你从警局出来了吗？今天真倒霉，好不容易撞上一辆路虎，谁知对方只是个司机，毫无素质，还对我骂骂咧咧一通，搞到现在才处理完。你的命咋就这样好呢，一撞就是个开公司的，不服不行啊！

看着这条奇怪的微信内容，卓扬忽然意识到了什么……

当天晚上，卓扬打电话给丁小可，说有点私事想请她帮忙。他们在三里屯的一家酒吧见了面，两人喝得微醺时，卓扬谎称自己正在想方设法让苏婧早点从警局出来，为了让苏婧尽快摆脱这件事情的阴影早日恢复正常生活，他想给她一些惊喜，于是问丁小可有什么好的方法。

卓扬跟丁小可接触过几次，觉得她城府不深。果然，当她听卓扬说完，脸上滑过一丝嫉妒神情。

卓扬盯着她的眼睛，突然问道，对了，跟我说说昨晚你发给苏婧的那条微信是什么意思？

丁小可顿时尴尬起来，卓扬为打消她的顾虑说道，我只是想知道真相，你放心，我会保密的。其实，你大概也知道，苏婧并没有真正把你当好朋友。

或许是有点醉了，或许是出于嫉妒，也或许是中了卓扬的离间计，丁小可终究还是透露了苏婧的秘密。

原来，在苏婧她们那个客户经理职业圈里，为了拉拢客户融资，整天在一起交流心得：怎么结识、套牢金主。苏婧和丁小可都是其中一员。

而追尾卓扬的那次事故，是苏婧有意制造的。其实在此前，她还驾车撞过几次豪车，结识了几个成功人士，但只有痴情的卓扬跟她结了婚。苏婧的"成功"，鼓励了好友丁小可。没想到，她这次撞上的并非什么土豪，而是一名穷司机。沮丧之余，才发微信跟苏婧诉苦，没想到却被卓扬无意中看到了。

得知这些情况，卓扬顿时心里有些不悦，但这件事并没有让卓扬痛下决心。

直到当晚十二点后，卓扬从酒吧回到家里，又从苏婧的手机上发现了惊人信息，让卓扬始终不敢相信。

那条微信的头像是个胖胖的光头男，微信内容是：宝贝，你们公司可红大发了，投的钱什么时候才能回来？赶紧给老子个解释，你在床上可不是这么跟老子说的！

卓扬看完后，瘫坐在床上，突然有种天旋地转的感觉。没想到他心心念念的苏婧，不仅最开始欺骗了他，居然为了融资投项目还跟客户上床！

卓扬冷笑了一声，瞬间觉得自己好傻，没想到自己竟被这么一个小女人玩弄于股掌之间。为了她钱财尽失，不得安宁，还以为会跟她白头偕老。

第二天，也就是过了二十四小时之后，因苏婧涉案金额达不到羁押标准，在录完口供后，就被警察放了回来。

卓扬还没有把家丑告诉任何人，事已至此，说什么都没用了，他只希望能跟苏婧尽快摊牌把所有事情搞清楚。

苏婧看卓扬的眼神黯淡无光，像一潭死水。她并不深爱这个男人，但她确实被这个男人所吸引，她已经分不清是因为她对金钱的需索，还是许卓扬的出现如此轻易地弥补了她对感情的空缺。许卓扬是出色的男人，换作任何一种偶然，都很难邂逅这样的他，并能同他在一起。

苏婧知道自己是侥幸，并知道所有的侥幸都太容易被收回。

她靠在沙发上，长叹了一口气，像是在回答卓扬的话，又像是在自言自语地说，既然你知道了，我也不瞒你，想离婚就离吧，说什么都没意义了，现在我只关心什么时候钱能回来，我只想要回我投的那一百多万。

苏婧说的每一句话，字字诛心。无不将卓扬的世界撕得支离破碎。

许卓扬见到苏婧的第一眼，就想带她走，和她有一个家。她也许真的停留过，希望结束漂泊。

当一切都呈现一种平和的状态时，一切的贪婪与欲望又会重新复苏。

有些事，经历一次便无再次；有些人，相识一场，再无永远。

卓扬和苏婧的婚姻所幸后来以和平离婚收场。

这事儿直到半个月后，卓扬的广告公司因代理虚假广告出了问题，我和以沫才得知。

## 6

小时候常听老人们讲，男人找个旺夫的女人很重要，小则持家有道，大则门庭兴旺。反之，便会霉运当头，坏事一件接着一件。

那天，卓扬给我打电话说要去我家坐坐，我早早下班，推掉了一切应酬。刚出电梯，就看到卓扬倚在我家门上，一米八的个子看着憔悴了许多。

我看出卓扬的变化，但为了不太刺激他火上浇油，他不说，我也不问。我给以沫悄悄发了条微信，通知她：你赶紧过来吧，卓扬在我这呢，感觉有点不对劲儿。

以沫回：好，一会儿就到。

以沫来后，试图活跃房间的氛围，但卓扬的情绪终于还是在喝到第五瓶啤酒时，犹如溃坝的河水般决堤了。

卓扬抹着眼泪说，操！这他妈的坏事怎么都让我给摊上了！

我问他，除了苏婧那事又发生什么事儿了？

他说，公司最近因代理了一个药企广告，涉嫌虚假宣传，广告被撤，甲方被勒令停业整顿，80%广告尾款都没到账，不少客户闻听此事，纷纷取消订单。之前投给苏婧公司融资的那两百万没个一两年根本走不完法律程序，现在公司账面上的钱连下个月薪资都不够发，眼看着公司就要玩完了！

卓扬六神无主地说着最近的遭遇和变故，他感觉自己如同站在悬崖边上，已无退路，反而异常安静起来。

他低头用手蒙住脸，声音彻底低了下去，为什么会这样，这人生过得太累了，实在不行，就把我那套房子卖了，公司关了，回东北老家。

以沫走到窗前打开窗子，走过去抱住许卓扬，她说，许卓扬不会这么容易就被打倒的。窗外有风吹进来，冷风一吹，人就清醒多了。

我沉默了一会儿，从卧室房间拿出一张银行卡，搁到卓扬面前说，这张卡里刚好有五十万闲着，你先拿去用吧，哥这人你也知道，救急不救穷，兄弟，哥看好你。

卓扬把卡塞还到我手里，红着眼说，耿哥，你的钱我不能要，这份心意我领了。

以沫叹了口气，对我和卓扬说道，耿哥，你的存款不能动，先把卡收着吧。卓扬，你的房子也绝不能卖。还记得我那个叫陆逸辰的朋友吧，他是天使投资人，最近还在寻思想投个广告传媒公司呢。过两天他从国外一回来，我就撮合你俩见个面，没准能投个几百万的，先渡过这个难关再说。干大事的，谁没遭过几回起起落落呢！我和耿哥一样都很看好你，别伤感了，留着点力气，把公司重新运作起来。

她悉心捕捉许卓扬的一切，平静坚定。这是她爱他的方式，他需要什么，她就给他什么。

几天后，卓扬果真接到了陆逸辰助理打来的电话，约好了面谈的时间和地点。

谈判很顺利，没想到喝杯咖啡的功夫，陆逸辰就爽快答应了要入资五百万的决定。

卓扬第一时间把这个好消息告诉了我和以沫，我说，操，真他妈的应验了一句话"大难不死必有后福"。

卓扬和陆逸辰的公司签订合同那天，以沫也跟我们说了一个消息，说她这两天刚递交了辞呈，正在申办去法国的签证，说她妈那边工作实在忙不过来，需要她去打理家里的公司业务。

　　我说，没有雾霾，挺好。

　　一切都没有什么变化，一切都按部就班地发生着。只有蓝以沫开始了告别。

　　她选择这种风轻云淡的方式，只是不想提醒自己，她只是在路过他。

　　许卓扬只是手指间穿梭而过的风，蓝以沫该如何去捕捉。

　　当晚我和卓扬给以沫践行。以沫那天喝了不少酒，但好像就从来没醉过。她眼睛闪亮，沉浸在许卓扬的轮廓里，只觉得安稳。

　　卓扬从餐厅出来，点了根烟，眼神迷离地看着我和以沫。

　　在这座城市的霓虹中，孤独的又何止他一人。

四季更迭，北京初春的夜，还有丝丝寒意。

从卓扬口中吐出飘散的烟气，此起彼伏，总有千万份氤氲。

以沫眯起眼看着卓扬，虽是入心已久，却仿如那无形的夜光，难以触及。

在她心里，也许早已失去了他，从知道自己爱得比较多的那一刻开始。


我们都一样，被寂寞日夜跟随，一直在行走，随时会死去。偶尔停歇遇到的温暖，也显得如此不真实。

天南海北，终有一别。


一周后，以沫离开北京，飞了法国波尔多。走的那天，北京晴空万里。她美好得像阳光一般剧烈。

我们的生活又恢复如昔，卓扬把精力全身心都投入到公司的发展上，经常全国到处跑去见客户，公司从开始的三十人左右规模，人力扩充了一倍，事业蒸蒸日上。

　　听说，苏婧后来又突然幡然悔悟想让卓扬再接受她，她说知道自己作孽太多，不配得到卓扬的爱，可在她心里还是依然爱着卓扬，不想就这么错失一个曾经那么爱她的好男人。

　　卓扬没有再回头。苏婧还是不够了解许卓扬，他一直是态度笃定的男人，他有他的骄傲。曲终人散，没有人会等在原地轻轻拥抱你。

有些事情能遇到一次已是恩赐，回忆纵横交错，抹去记忆是一件花时间的事，记忆只属于时间。一别两宽，各生欢喜。就像是现在的许卓扬，就像是曾经的蓝以沫。

　　我们还年轻，一切都在静默地生长，一切都是值得的。一路迁徙，只是寻常。

　　后来，以沫经常会给我们寄来她家庄园自酿的红葡萄酒，说，绝对是上品，一定要好好品，千万别浪费了。
　　我说，我得好好留着，这是年轻时最好的礼物。

　　后来有一天，以沫在微信上发她和家人的照片给我，说，给你看我和爸妈拍的照片。
　　以沫不再称呼她的继父为"于先生"，而是"爸"。我看得真切。

　　照片上以沫的继父于先生站在以沫的身后，以沫的母亲蓝女士站在于先生的旁边，双手搭在以沫的肩上，站在前面正中的以沫笑得灿烂，眼神像一小束洁白的玉兰花。

照片背景是他们家庄园的城堡，湛蓝湛蓝的天空将一家人幸福的瞬间定格在了时空里。

再后来，我决定在写这本新书之前，进行一次欧洲行。

以沫知道后，说，你去过英国、德国后，一定要来法国。

我说，好，一定。

阔别许久，与以沫再次相见，她还是之前的样子，仿佛在她身上从来没有故事。静默起伏的生命中，一切的热闹总会被还原如初。

我想起一句话：世间所有的相遇，都是久别重逢。

以沫带我去圣埃米利永，走过延绵于陡峭山壁的狭窄街道和历经久远的罗马式教堂，遥望大海，有过尽千帆之感。即使不属于那里，但依然会觉宁静。

以沫脚步轻盈，让我跟随她一起出发。来到以沫的家，她父母为了我的到来，安排了盛情的款待。

在以沫给我开红酒的时候，我无意间看到她桌上的一份文件，文件的标题栏赫然写着卓扬公司的财务报表，我好奇地拿起，文件上还有陆逸辰的手写签名。

以沫递来一杯红酒，看出我的疑惑，我正要开口，她喝了一口红酒，说，哥，我知道你心里在想什么。

我说，以沫，难道那五百万？

以沫靠在桌边，她转过头，看着远处，轻轻笑了下说，当初卓扬那情形没有几百万，根本过不了那关。我不能看着他消沉，就跟我妈开口了，我妈听我说要五百万，没有拒绝，但让我答应她来法国陪她，接手公司业务。我不能选择去做什么或者不做什么，但我要帮他。

我说，所以你后来以合伙人的身份加入了陆逸辰的风投公司，让他以风投的形式把五百万入股到卓扬的公司？不仅帮了卓扬，还能很好地维护好卓扬的颜面？

以沫说，是的，看来这一切都是冥冥之中注定的，不过，我现在改变了刚来时的一些想法，那时很排斥来这里，但是现在我喜欢上了这儿。

我晃了下手中的财务审计报表，开怀笑着说，你不仅帮了卓扬，还收益颇丰。

以沫站在窗台前，向我点头。

很多故事，就像是一封年华失效的旧信，信里面，笔尖在纸张上轻轻地摩擦，只言片语中都是相聚离别。我在那些充满了阳光的长长的下午，用我长长的一生，等你来。

年轻的时候，对方总是不懂我们的感情，却依然舍得彼此交付，并付诸深情。时光荏苒，四季更迭，人就是这样慢慢变老的。

以沫眼神清透，端起酒杯，说，小时候我一直不理解当年我妈为什么给我取名"以沫"。妈妈说，因为亲生父亲的狠心和不告而别。她希望我长大后，能找到一个好的归宿，可以与相爱的那个人一辈子相濡以沫。

我说，没错，这个名字很有意义。

以沫凝视着杯中的红酒，释然地说，时至今日，我才明白名字的真意。想要被爱，但为什么一定要那个不够爱的人给？

天气晴朗，有温暖的阳光和微风，沿着记忆，我们都不知去向。

我和以沫都不再说话。

沉默了一会儿后，以沫喃喃自语道：

相濡以沫，不如相忘于江湖。

# Chapter 7
## 唯愿无事常相见

有些人，可以安放到岁月的盒子里，盒子在岁月里尘封。光阴撒落，聚散别离，好久不见，我知道你依旧会如约而至

# 1

北京来暖气的日子，记不清这是第多少个忙碌而未眠之夜，窗外飘着难得一见的初雪。

写到这一篇，突然发现此前已荒废了太多光阴。

这些年，有太多无法言说，只能默默承受和担当。

远在广州的资深读者Lei在微博和朋友圈同时@我说：希喆，这本书我等了好几年。

当责任成为一种习惯，你无法逃避或放弃，唯有坚持和笃定。

自二零一一年之后，因工作原因，我一直未完成新书，直到今年初。

几次相忘于世，总在蓦然回首时又意外重逢，算来即是一种执著。

也许，迟迟未完稿，只因时机未到。毕竟，总有一些等待是值得的。

记得我的出版人鞠小姐，在某天深夜通过QQ发来消息说：耿先生，您的新书写完了吗？

我说，没有。

鞠小姐说，您写的新书，请务必让我来给您出版。

对话整洁而明晰，令我印象深刻。

每一个与文字为伴而失眠的人，大抵，都是有故事的人。

这些年我大部分时间都是在为她人做嫁衣，而忽略了本身。

自此，我开始回忆过往，将身边发生过的人和事以文字的形式一一记载。

这些年我愈加相信，人生有许多的百转千回与峰回路转。

好友苏沫说，你明明可以靠脸，却偏偏要靠才华吃饭。

我乐呵，哥都三十了，又不是小鲜肉。

苏沫说，男人三十一枝花啊，多有味儿呀！

大浪淘沙。身边的朋友经过岁月磨砺，留下的不一定是最好的，但一定是最适合你的。

我们每个人都有一段"未完，待续"的故事，未达终点，因而才会更加期待之后的"待续"。


## 2


很多时候，我们是否想看一本书，也许只需三秒钟做决定。

而决定要不要跟一个人有未来，或许前三分钟便已知晓。


认识多年的樱桃在上海，男友在北京。在经历一年的异地恋后，男友终为樱桃义无反顾地去了上海。

樱桃是个爱看书、为人通情达理的女生，烧得一手好菜，可以跟你聊书聊电影聊工作，总之无话不谈。

遇一人，可以毫无顾忌地讲心里话，现在想来，实在奢侈。

每提及我们的相识，她都会大喊，耿哥，你人特别好！

那是二零一三年二月八日的晚上，上海大雪，樱桃因归家心切没有买到车票而滞留在火车站附近一个没有网络的宾馆里，手机上安装的购票软件怎么都打不开，然后发了条微博求助。

我无意间看到后，第一时间跟樱桃通过微博私信联系上，问她是否需要帮助。

她说，就在刚才已经联系上家人为她购买了车票。

她说，那是她平生第一次体会到，原来网络也可以有温度。

从小到大，我一直觉得，做人要心生向善，与人为善，念人之善。如此，即使从未遇见，即使不曾熟知，依旧不会失离，依旧与之并存。

而今，樱桃和男友已见了双方父母，终于修成了正果。

朋友圈中有朋友问她，你的男友是怎样的一个人？

她说，他就是在其他人疲惫的时候，自己坚持不睡陪在身边的那个人。

后来，我问樱桃，你觉得两个人在一起最重要的是什么？

她说，只要两个人的心是在一起的，外在物质都是可以通过两人一起努力达成的，最重要的是人心。

最后，她不忘嘱咐，耿哥，你也要找个与你同心的。

有些话，寥寥数语却温暖如初。有些人，从未谋面却铭记在心。

你是谁，不重要。重要的是，你遇到了怎样的人。

人这一辈子，到最后，也就是找一个可以陪伴的人。

## 3

人的一生一直在踽踽前行，一次次确认，我们活得并不孤单。愿意伸出长长的手臂拉住拥有同样性情的人。他们变成了你的窗口，让你看到本来看不到或是没机会看到的风景。靠着这些力量，不断为自己的热情保温。

陈欣和强子是我刚来北京的第一年，在同一家出版公司就职时结识的好兄弟。彼时，我们都在品牌推广部担任媒介经理。

一到约饭，强子特爱吃火锅涮肉，陈欣就挤兑他，大爷的，你就不能换个新鲜的。

然后强子就妥协，成，那我们就去吃干锅。

大家可以脑补当时我和陈欣头顶冒出三根黑线的表情。

酒过三巡，我们已经从公司同事、行业动态聊到了国家大事，又从文化圈八卦到媒体圈，不知最后怎么又绕到找对象的事儿。

强子说，实在没有精力再去重新了解一个人，也没有精力再重新向一个人谈论自己的过往了。太累了。每天上班压力那么大，下班后就想自己安静待会儿然后睡觉。

我跟陈欣听完后，巨感同身受。

至今，我仍旧清晰记得强子说完那番话后，点燃一根烟放进唇间猛吸一口吞云吐雾的画面。仿若放进去的那么多勇气，最后吐出来，全变成了叹息。


后来，强子在二零一一年结婚了，陈欣在二零一二年也回到西安工作结了婚。

原本我想单独写一篇文章，都定好了标题：我的朋友们都结婚了，来好好讲讲他们的故事。

然而，陈欣听说我要把他写进书里，他可急了，大兄弟，你可别把我那些陈芝麻烂谷子的事儿拿出来说了，让你弟妹知道了可饶不了我。

见我没吭声，他接着说，要不，兄弟，你赶紧也把婚结了吧，我给你包个大大的红包，就当封口费了。

我哈哈大笑，就你这点儿出息，瞧把你吓得。得，哥们还真吃你这套，干嘛跟银子过意不去是吧！


时间一晃，就是八年。八年的光景，我从公司基层职员做

到公司高管，女友也是来来去去。

无论如何，日历总要被翻过，生活总要继续。时间亦会证明究竟有多少人是真心对你。

我跟强子还有陈欣，随着各自的状态，每年相聚扯淡的日子也是屈指可数。但每次见面，依旧如八年前的我们一般亲切。

强子年长我们七八岁，但长了一张不老的脸。

而陈欣呢，最近几次来北京约饭，都会跟我们诉苦。

他说，每次太太都会挑他心情好时娇声细语地问他，老公，你看现在你生活工作都挺安稳的，有没有想过我们以后怎么发展，有没有什么打算？

然后他就被问得不知该怎么回答了。


接着他会跟我说，兄弟，你可千万别早结婚啊，早结婚就被看得死死的了，晚结婚有晚结婚的好。

一副语重心长的样子。

我想了想，回他，诚心让兄弟继续单着是不？


这个凌晨不眠之夜，谁，还在回忆过往，又在预见未来？

一直觉得，朋友就是这样，不用很多，也不用苛求太多。


我们无法要求每个朋友在自己任何时态和状态下出现。

有人能与你相互信赖，没有欺骗与谎言，这就够了。

当你在高处的时候，你的朋友知道你是谁。

当你在坠落的时候，你才会知道你的朋友是谁。

而今，我们都在路上，确幸的是我们彼此同行。
那些回不去的曾经，留不下的远方，会悄无声息地流逝。

有些人，可以安放到岁月的盒子里，盒子在岁月里尘封。
光阴撒落，聚散别离，好久不见，我知道你依旧会如约而至。
无论再过去几年，抑或几十年，唯愿无事常相见。

## 4

整理邮箱时，不小心按下了Delete键，几百封Mail消失不见，
映入眼帘的第一封Mail发送时间显示：2009年6月18日19：00，邮
件的发送人是我来北京后的第一任女友，已为人妻的L女士。

附件里有一份精心记录下的Excel文档和一首张震岳的《再
见》，那些日子，时至今日感动仍在，而离别之人，却再也不见。

记得芸萱曾经说过，文字和人息息相关，人变了，文字也就

没有味道了。字由心生。这些年就这么过去了，过去都过去了。

　　她说，在我们遇到真正属于自己的那个生命中的他之前，都应该感谢曾经出现过的人，因为是他们让我们变得更成熟、更懂得珍惜。但，其实那些曾经历过的疼，只有自己知道。你要相信，过去不来，往之不见。总有一个懂你的人会出现，并补偿你的。


　　芸萱与我相识于二零一零年夏，是个很独立的白羊座女生。在我这些年的人生历程中，也是一个很重要的小伙伴。

　　每次有新书需要策划，她都会在我需要的时刻，给出封面设计的修改建议，总是与我内心的想法不谋而合。

　　等新书出版上市后，不管是我写的书还是我策划监制的书，她都会第一时间在当当、京东、亚马逊上各买两本，说这是对我最好的支持。


　　那几年她也很努力，于所在公司里扮演着举足轻重的角色。

　　有时遇到不公境遇时，她会毫不避讳地对我说，偶然间，突然心情就低落了，突然就愤世了，突然就开始惆怅了，突然间就不想说话了，没理由的。

那时顿觉自己的无助，生活在这个高频率节奏中的我们，其实内心没这么强大，我们都很脆弱。

最后我们总结出一个心得：遇到这种情况，就随便自己怎么折腾，怎么舒心怎么折腾！别管什么工作了，都闪一边去！

后来，我们各自的工作生活越来越忙碌，联系次数就逐渐少了。

只是通过关注的微博和朋友圈，了解一下彼此的近况和动态。

直到最近，与曾经熟识而失联许久的她再度相谈，彼此都有了太多变化。

其实，每个人，都会在失联期有一段鲜为人知的经历。

然后，在夹缝里沉淀，直至涅槃重生。而沉淀的过程，又包含了太多太多。

她说，现在还会在一些出版的书上，看到我写的那句：纵

使寂寞开成海，让我们用文字慰藉彼此。

她说，随着阅历的不断增加，每次看到这句话，理解都会不同。

一张空运明信片，寄件人想念收件人。一本伴于左右的书，往事存于字里行间。

愿，那些文字以其美好的姿态和质感，依旧停留在时间里。

## 5

几年后的今天，除了忙工作和写书外，还会在夜深人静时去我的微信公众号"薄雾小镇"上看看小镇居民发来的消息。

很多素未谋面的他们，身居世界各地，也愿意将薄雾小镇当作一个树洞，把每天开心的、郁闷的、充满惊喜的、委屈难受的人生部分与我分享出来，让内心释然，也不失为一种美好。

正如设立之初，作家林楚茨为公众号的介绍题写的这段话：熄了灯的小镇正在沉睡，月亮变成了会下雨的云。睡意遗落在朝露里，等你带我走过薄雾清晨。

这段话的意味让我觉得分外贴切，非常喜欢林楚茨写的文字作品，那天我跟她打趣，反正你也没精力折腾公众号，不如就在薄雾小镇安个家呗。

她说好。没有任何犹豫就答应了。

后来，她在薄雾小镇发的每一篇作品，都被读者们第一时间转评赞。

默契，不是只有你一个人在努力。而是，你给予对方一个良好的开头，对方能下意识跟上你的后续。

我不知道现在还有多少人会把责任和承诺看得很重，不管这个世界变成怎样，无论人心多叵测，只要我答应了你，就一定会做到。这是我对宋筱白的承诺。

宋筱白，是一个很会讲故事的好姑娘，读者都喜欢亲切地叫她筱白。

她在南京读完大学就留在了那个城市，我们相识于二零一二年，因从事出版工作的原因，无意间在一个网站上看到她写的文章，直觉她会是一个潜力作者。

　　后来，我便有意把筱白往作家方向培养，时间久了，她对我的称呼也从"耿总、耿老师"转换成了江湖味儿颇浓的"老大"，聊天内容也从工作约稿过渡到人生经历。

　　筱白和我认识四年来，从没见过面，也没红过脸。总说要请我喝酒，可我没去南京，她也没来北京。

　　有天，我突然忍不住问她，筱白，你怎么可以这么了解哥？

　　她说，老大，你不就是典型大狮子嘛？这还不好了解啊！

　　每一个当下，总有人来来去去，时间薄如蝉翼。如果与懂得自己的人不期而遇是难得，那更重要的便是珍惜。珍惜你的人会试图去了解，怎样才会让你快乐。

　　再后来，不巧的是，就在筱白完成了我交代的两部长篇书稿时，我却因缘际会离开了出版业，转战去了互联网业。

在互联网业工作的日子，我说，筱白，用不了多久，我一定会把你的书都出版面世。

她说，老大，我信你。

字字铿锵，执著而勇敢，自始至终。

总有一种情谊需要被郑重对待。

不为别的，就为这世间尚存不多的承诺和信任。

## 6

穿过红尘万丈，在热闹而又汹涌的人群中，也许我们早就见过了。

在写这本书时，每天晚上都会收到读者小静和安琪发来的"晚安"。

远在长沙的元气少女洋洋，总是不断拿美味的麻辣小龙虾引诱我，说赶紧写完去长沙签售时请我吃麻小，还说等这本书出版后要买很多很多本送给她的朋友们。

还有在上海从事珠宝设计工作的Vivian，说签售那天要给我一个大大的拥抱，然后又弱弱地问我，会不会被别的粉丝们嫌弃。

认识没多久的东北姑娘关关，苦大仇深地对我说，哥，你要不来沈阳签售，咱可没完啊。

看到W小姐在薄雾小镇上发来的消息，她说：三年来，我们没有过联系，但一直在默默关注你。真心希望你会越来越好，不再被无心之人迷失了方向。

身为典型巨蟹女的W小姐，依然如此细致入微。我们曾有短暂交集，但你对我的了解总会在时光里留下最美好的见证。

一份情谊，你若认真，即使微不足道的细节都会打动你。一份情谊，你若无所谓，即便鸡毛蒜皮的小事都可以分崩离析。

曾经的同事韩小姐问我，起起伏伏这些年最大的感触是什么？

我想，也许是淡然吧。与人矜而不争，简单生活，依旧保有爱人和被爱。

在我过往的人生历程中，看淡了曾有的喧嚣与明媚。也深信，人各有天命。相遇、别离终有时。即使天黑了，心还是要亮。

除此，还有许许多多人值得铭记在心，要记住每一个对你好的人，因为他们本可以不这么做。

我希望能有越来越多的人看到故事里的他们，他们平凡而真实。

这个世界就像一面镜子，你可以从他人身上，看到另一面的自己。

唯愿无事常相见，要记住，好好珍惜身边在乎你的人，总有一天我们会相见。

我可以不在你身边，但请把我留在你心里。

这是我们的约定，你可别忘了。

# Chapter 8

## 如果觉得委屈，就成为你想要的光

回望来时路，无论舍与不舍、爱与被爱，
这一路寂寞与繁华，终是个失去自我和找寻自我的过程。

# 1

年初，听闻好友的闺蜜琦琦，创办了一所幼儿培训学校。

当获悉这个消息为她开心之余，我甚是认可她的这个决定。

有些选择属无奈之举，有些选择因时局所迫，而结果往往出人意料。

就在半年前，好友带琦琦来家中做客。闲聊中，得知琦琦大学一毕业就回到了父母所在的一座三线城市工作。

琦琦是幼师科班毕业，性格开朗，谈吐得体，对生活没有很多奢求，只想能陪在父母身边，一辈子稳妥。

但让她颇为委屈的是，她工作的那所民营幼儿培训学校薪资并不高，除去开销所剩无几，每周还要工作六天，即使当日没有工作内容也要在学校里待命，有时闲得自在，有时看到每月薪资条又看不到未来。

好友问我怎么看。

我说，琦琦，你首先要确定的是择城，如果你非常确定今后就要生活在这座城市里，那么就要考虑安身立命的问题，即使对物质再没奢求，最起码你在今后要能保证这份工作可以让你做很多年。

琦琦脸上的笑容渐淡，沉默了一会儿说，其实这也是我担心的，每年毕业的幼师专业的生源层出不穷，我这个培训学校又是私企，我知道，应该也是吃几年青春饭的节奏。

她拿出手机给我看她那个班可爱小孩子的照片，天真无邪。那一瞬间，我见她阳光明媚地笑起来。我知道，她骨子里是非常热爱这份职业的。

我问，我们且不说别的，你就告诉我你现在最想要什么？
她停顿了两秒，脱口而出两个字：自由。

我笑说，你这每天都被那忙不忙闲不闲的工作给拴着了，哪来的自由？自由的定义，不是逃避与任性，更不是庸碌无为。而是你能在时光的旅程中，找到并成为更好的自己。

琦琦说，我最近也开始考虑辞职的事情了，想跟发小一起折腾开家幼儿培训学校，但又有些犹豫。
我问，有什么可犹豫的？怕失败了？怕之后再也找不到一家幼儿培训学校当教师了？
她说是。

我说，你看，你现在已经非常确定想陪伴在爸妈身边，留在那个城市工作生活了，你对现在和未来从事的职业也非常坚定了，那么，现在你就要把目光放长远，如果不想让自己继续委屈，就要有勇气改变自己的状态。

退一步说，即使你创业失败了，你丢的无非是一份工作而已。工作丢了还可以再找，可是你在最该奋斗的年华选择了安逸和得过且过，日后你失去的可不是一份工作那么简单。

更何况，你选择的这个幼儿培训创业项目，本身就是很有市场前景的。如果你破釜沉舟，创业成功了，你不仅可以做一辈子你喜欢的职业，你还赢取了你想要的自由。无论做什么，都需要付出并伴随一些放弃。

琦琦听得认真，我知道在她心里已经有了想要的答案。

一个人的视野和心胸，决定了她会看到怎样的世界，并能走多远的路途。

人生在世，不如意之事十之八九。不要因为负能量就委屈、就难受、就萎靡，毕竟日子总在过，生活总要继续。

如果觉得委屈，如果感受不到前面的光了，就努力成为你想要的光。

## 2

再讲个发生在身边、离你很近、真真切切、鲜有人知道的故事。

这个人物暂且用"他"来代指，朋友说他的故事感觉很传奇。

他在十几年前还是个高中生，写得一手好文，散文、诗歌、小说经常见诸报刊。后来他开始写长篇小说，没日没夜、废寝忘食，梦想着能出版一本自己的书，梦想可以当一名作家。

等书稿完成后，他开始联系几家出版社，父母给的零花钱都用来打印厚厚几百页的书稿，和支付长途通联电话费、EMS快递费。每寄出一份快递，都是满满的希望和期盼，都会在心里暗示自己，可能明天就会收到出版社打来的电话。

如此日复一日，月复一月，那些寄出的EMS犹如石牛入海，音讯全无。但是，他并没有就此气馁，而是通过查找，将全国各个省份主要的出版社都联系了个遍，都各寄去了一份装有几百页书稿的EMS。

终究每一次寄出的希望，都成了毫无影踪的失望。那个情境在他看来，并没有任何传奇的色彩，也没有任何值得惊鸿一瞥的转折。

有天，他接到一个来自石家庄某出版社编辑打来的电话，那个电话是所有寄出的出版社中，唯一一个给他的回复，他刻骨难忘。由于年月久远，已经记不清那个出版社编辑的姓名了，只记得他在电话中非常慈善、语重心长说出的那番话：小伙子，我看了你的稿件，文笔还是很不错的，知道你想出书的心情。不过，目前的出版环境，不太会给一位新人作者出书，没有名气也没有名人捧你，书是很难出版的，毕竟出版方承担了所有的经济投资风险。

在那个还没有微博、微信这类自媒体的年代，不可能靠话题或是粉丝基础一夜成名。但那个电话就像迷失在茫茫大海上，突然间出现在远方海岛上的灯塔射来的一束光，给了他一个明确的方向，领着他离开那片伸手不见五指的孤独之海。

那晚他彻夜失眠了，不断疑问为什么这个世界就不能给新人机会？在他心里埋下了一颗种子，将来一定要做一份出版编辑工作，尽自己所能培养新人，给新人同等的出书机会。

高中毕业后，他去了具有历史文化韵味的西安读大学，特意选取了新闻学与大众传播专业。除了用心学习专业知识外，他还通过网络结识了许多出版业界的老师，自学钻研了出版策划技能。

有天，一个作者在Q上跟他抱怨，怎么出本书这么难，写好的几十万稿子就是没地儿出。他让作者把稿子发给他，通读后他觉得完全达到了出版水平，他深知当时的出版环境。他说，我来帮你。然后连夜做了一份图书策划案，第二天推荐给了一位相识的出版编辑。

后来那本书，果真在三个月后出版上市了。那是他有生以来第一次做与图书策划相关的工作，那一年他刚读大三。

大学临近毕业，同学各奔东西，有去电台当DJ的，有去网站当编辑的，有去报社当记者的，还有做着与专业风马牛不相及工作的。

他接到爸爸打来的电话，因是应届毕业生，可以录用至一家大型国企的宣传部门工作。爸爸说，机会只有一次，等你不是应届毕业生了，再想进就没可能了。

他经过一夜考虑，给爸爸发了条短信：爸，请原谅儿子的不听话。

在他心里，一直还保留着高中时的念想。别忘了答应自己要做的事情，别忘了答应自己要去的地方。念念不忘，必有回响。

毕业的那一年是二零零七年，他来到首都北京，通过投递简历进了一家出版业内知名的出版公司，不过是刚入职的职场新鲜人，还不能去策划部担当一本图书项目的产品经理，而被分到了品牌推广部做媒介经理，给公司出版的图书做市场营销宣传推广。

试用期三个月，他却通过勤勤恳恳、埋头苦干的努力，只一个月就提前让公司转正了，因待人诚挚、推心置腹，与媒体关系私交甚好，PR业务能力突出，部门月考核评审中，他是所有媒介经理中业绩最高的一位，部门同事都不敢相信他是刚离开大学的应届毕业生，工作能力让同事们纷纷刮目相看，深受部门总监和公司领导赏识。

在公司开例会，他都是坐在后几排，需要各部门对公司图书立项选题发表见解时，他也中肯地说出了他的想法。会后，产品策划部门的一个中文研究生毕业的女编辑在背后跟同事私下议论：他？一个刚毕业的毛头小子，还不是名牌大学毕业的，懂什么是图书策划？好好做自己的营销推广工作不得了。

听及此，他心里很委屈，但也没有去理论。而是熬了两个月的夜，完成本部门工作的同时，也积累了不少作者和稿件资源。对每个人而言，时间会证明一切，时间就是生命中最好的见证。不要浪费时间和精力活在别人的否定当中，如果自身都无法认清自己，不明确自己该走怎样的路，即使读再多的书，遇见再多的人，都只是浪费生命和时间。

每提及此，他都说他很怀念那时努力奋斗的夜晚，忘不掉桌上的台灯和笔记本透出的光，那是谁都无法遮挡的希望之光。

踌躇了好久，他终于鼓起勇气，向公司领导逐级申请要调到产品策划部做图书项目经理。公司自成立之后，还从未有市场营销部门的同事调转到产品策划部门的先例，此事还惊动了公司大Boss，说要见见他，沟通的时间不到五分钟，他记得清楚，大Boss撂下一句话：是个人才！他便顺理成章地转入了产品策划部，自此开始做了自己一直想从事的图书策划工作。

从他进那家公司到实现职业心愿，仅仅用了不到三个月的时间。而在他心里，为了这一天却花费了整整七年的光阴。他知道，这又是一个全新的开始，往后在图书出版之路上还要走很远很远的路。

后来，由于他的策划思路新颖特别，有独到的审美，又有做过市场营销工作的资深经验，他成了部门的一匹黑马，策划出版的图书销量也是一再攀升。

他的事业一直按他预想的那样一步一个脚印，经他之手出版过不少新人作者的书，也或多或少地改变了很多人的命运。他希望能把机会分享给更多的人，即使只有他一个人愿意这么做，即使力量绵薄。

好友问他怎么不做名人书，直接签约已为畅销作家的书或是娱乐圈名人，岂不是可以更快速地借力积累资本？

他笑说，这世道，千里马常有，而伯乐不常有。

当初那个嘲讽他的女编辑，因为签约了一部高价码稿酬的名家书，错估了市场，读者不买账，积压的退货库存书如山高，致使公司蒙受了很大的损失，也被公司辞退了。

之后几年，他被业内别的公司请去做了部门总监，当年嘲讽过他的女编辑也给他投过多次简历，希望去他的部门效力，他从未应允过。

经历一些事，遇见一些人，每个人都会或多或少地改变。有些人与事，经历一次便足够。何苦还要为难自己，给他人再一次伤害你的机会。

在出版业奋斗几年后，职位都是总监级以上，银行卡里的数字与日俱增。但他没有选择安逸度日，而是选择了创业。

创业的日子并不如意，异常艰辛，女友分手离去，陪伴他的是无数个失眠之夜。之后又先后经历了合伙人私自挪用公司资金和销售商拖欠货款，而最终导致公司财务资金链断裂，创业以失败告终。

无论职场还是恋爱，别指望身边人会对你讲义气，但自己一定要讲义气。即使过去了很多年，回想起过往，仍觉问心无愧。

爸爸问他后悔当初的选择吗？

他说，人生苦短，凡事总要经历下。

所谓经历，不如自己去切身体会。他把这些年的经历，当成人生最宝贵的财富。

好友问他值得吗？

他说，很多时候，我们犹如河底的泥沙，随着时间的推移不断地前进。中途或被浪涛打在河滩，或随着潮水奔向大海。以各种姿态，呈现于我们还未做好准备的刹那。但无论怎样，我们终究须直面以对，抬头微笑。你要向上飞，不要往下看。

回望来时路，无论舍与不舍、爱与被爱，这一路寂寞与繁华，终是个失去自我和找寻自我的过程。

故事讲到这里，正在看此文的你，一定知道他是谁了，也更了解他了。

现在的他也过三十岁了，跟你一样，都还在路上行进着，我们不曾相识，庆幸的是，我们彼此同行。

永远不要觉得自己已经老了，已经来不及了，已经没有机会了。

如果你现在开始努力，最坏的情况也不过是大器晚成。

如果有天走累了，如果觉得委屈，就成为你想要的光。

我相信人与人之间的际遇是冥冥之中注定，早有安排。

相信付出不计回报，总有天得到的会比你期许得多的多。

相信在哪里萎靡受挫，便在哪里坚韧重生。

也相信疼惜与被疼惜、伤害与被伤害过的人，终会在属于自己的归宿留恋忘返。

更相信在未来要爱的人和爱你的人会出现在某时的一刻。

# Chapter 9
## 在我行走很久很久的路上

如果我不再年轻了，希望有一天，
你仍能记起我年轻时的样子。

曾经以为，遗忘一段过去，重新一段生活，即是新的开始。

　　直到后来，在我行走很久很久的路上，不经意间回看过去的某时某刻，发现许多都已物是人非，一别便是一辈子。

# 1

在开始写这篇长文之前，我的出版人鞠小姐说，希望能在这本书里可以更多地看到关于我曾经和现在不为人知的一些事情。

我想了想说，那可能就要从我的童年开始讲起了。

她说好，喜欢你的读者们一定也和我一样准备洗耳恭听了。

如今距离童年，因时隔二十多年，许多人和事，已过去太久，无法记清最本真的样子。

但总有一些事情，会像烙印一样深深地刻在你的脑海里，影响着你一生的走向。

我的整个童年以及后续的中学时代，都生活在上海。那座城市，除了有特色的白玉兰，还有马路两旁常年不变的法国梧桐。它们是我记忆的一部分，就像一部电影中不可或缺的叙事景色。

家人除了有爸爸、妈妈，还有陪伴我一起成长大我两岁的姐姐。

在我六岁那年生日，爸爸一早就问我，儿子，想要份什么样的生日礼物？说出来，爸爸会满足你。

我望着家里的书架，调皮地笑，不假思索地说，爸，我没有别的想要的，就想要一套《安徒生童话》和一套《格林童话》。

也不知为何那时的我，就这么喜爱看书。但是家里书架上，适合我那个年纪看的书太少了。

然后，爸爸就带着我去了城区里最大的那家新华书店，让我选喜欢的书。

在童书区，我特意选了装帧最精致的那两套书，每个故事都是独立的小册子，共有几十个小册子大小的故事书被装在一个纸盒里。

那天，记得是我最开心的时刻，把那两套书爱不释手地抱在怀里，小时候不知道翻看了多少遍，在我天真的童年岁月里陪伴了我许久。

后来再长大些也过了很多个生日，都没有六岁那年让我记忆犹新。

我知道，那两套书不仅仅是一份生日礼物，更承载了一位父亲对儿子的爱。

## 2

在我读小学二年级的时候，当时受动漫的影响，四驱赛车风靡那个年代。在男生中，基本都是人手一辆。

打小家教就很严，一日三餐都是在家里，并没有接触零花钱的机会，爸妈都希望我一门心思好好读书。可是心里都长草了，要是不拥有一辆四驱赛车，就会天天惦记着。然后，我就寻思着怎么跟爸妈说。

有天，趁爸爸不在家，我就装得楚楚可怜地对妈妈说，学校要举行四驱赛车比赛，老师想让我参加，可是我没有四驱赛车。

妈妈听我说的真切，问我需要多少钱。我说，四驱赛车二十元，两节松下充电电池二十元，充电器十元，一共是五十元。

过了一分钟，妈妈打开钱包递给我五张崭新的十元钱。我接过手里的钱，内心异常兴奋，忙不迭冲出家门去，要赶紧将四驱赛车收入囊中，全然不顾长那么大第一次对妈妈说了谎。

在买充电电池的时候，店家从玻璃柜下给我拿出两节已拆封的松下电池，我狐疑地接过，问店家怎么是拆开过的。店家说，放心，都是全新的。

回到家后，我迫不及待地按照模型图纸组装四驱赛车，将充电电池充满电，满满得期待着第二天到学校跟班里的男生在学校的操场跑道上一比高下。

可让我始料未及的是，四驱赛车刚开出去一两百米就停下不动了，同学问我是不是电池没电了，我肯定地说，我确信昨晚都充满电了，充电器指示灯也显示无误。

待放学后，我就背着书包一路小跑来到昨天买充电器的商店，找到店家问是怎么回事。店家老板接过我手中的充电电池眯起眼睛看了一会儿，毫无廉耻地说了句，你这电池不是在我们这买的吧？

我说，就是昨天来你这买的，还是你卖给我的，还对我说质量保证没问题。

店家老板依旧矢口否认，我百口难辩。那是我平生第一次，感到来自这个世界的恶意。

毕竟，在上世纪九十年代初，五十元的价值等同于现在的数百元的价值。

我觉得特别对不起妈妈，我辜负了妈妈对我的信任，那晚我蒙在被子里流了很久的泪。

后来，我把那辆四驱赛车放在床下的储物柜里，再也没有碰过。

每每想起，内心都会沉默良久，那些难以遗忘的过去以及无法预知的未来。

# 3

都说现在春节的年味儿一年不如一年，春联、新衣服、美食随时随处可买，而我还是更怀念小时候的春节。

在大年三十除夕的前夜，爸爸都会提前准备好写春联用的红色纸张，以及砚台和毛笔。我和姐姐会一人站一边做辅助，姐姐负责将春联纸摊平拉直，我则负责在砚台里加水磨墨。爸爸写得一手上好毛笔字和钢笔字，空余的间隙，我还会在废弃的红纸上写个大大的"福"字。现在想来都二十多年没再写过毛笔字了。

等写完家里要贴的几幅对联，时间都已是凌晨后了，妈妈和姐姐睡着后，爸爸会去厨房炒一盘油亮油亮的花生米，然后再撒上一层盐，打开一瓶酒，让我作陪。也只有在那一天，爸爸会让我小尝一口酒，觉得很幸福。

回忆起爸爸三十多岁的样子，再看看自己的三十岁，可真比我有精力多了。

大年三十那天早上，会闻到妈妈在厨房开火烹煮各种肉的味道。

然后在爸爸的催促声中，我会早早地起床，帮爸爸一起贴春联。

吃年夜饭的时候，一家人会由衷地在新的一年互道平安和祝福。

然后会收到爸爸妈妈给我和姐姐准备的一叠叠崭新的都是面值一元的红包，那个时候看到厚厚的红包，觉得自己巨有钱，可以买很多很多小零食。

即使后来长大工作了，每逢一起团聚过春节时，爸爸妈妈依旧还会给我和姐姐包个红包。

我对爸爸说，都这么大了就不用给红包了。爸爸说，无论你们长多大，在我们心里永远都是我们的孩子。

我想，这份父母对孩子的感情和恩德，是我一辈子都无法偿还的。我很庆幸来到这个家庭，做了你们的儿子，感激你们教授我在书本上永远学不到的知识。

　　父母和孩子的缘分，在这一生中，将是一次又一次的离别，对着远去的背影默默挥手。

　　我们从此各奔四方，岁月的尘沙，滚滚扑面，时光荏苒，我已不再是原来的少年了。

　　但如果可以，未来的太太，我也想体验一番父子之情，就像我的爸爸为我做好的榜样。如果将来你能看到这里，一定会理解我的小心愿。

4

曾有练习写作的朋友问我，是从什么时候开始爱上写作的。

这事儿，我后来也认真回想过，但不得不说，还真是缘起六岁那年生日爸爸送我的两套童话书。

在看完那两套童话书后，有一天，我突发奇想地对爸爸说，爸，我也想写篇童话。

爸爸听我说完后，没有扼杀我的想象力，也没有打击我的积极性，而是非常高兴地对我说，儿子，你要说到做到，写完后，爸爸给你审读修改。

我说好。这是我和爸爸之间的契约。

爸爸年轻的时候曾是军人，在青海服役了五年，据说还是部队里的宣传骨干。爸爸从部队转业至企业后，先后发表于全国报刊媒体上的作品举不胜数，至今家里的影集里还存放着爸爸年轻时的军装照和刊载于报纸上的作品。每次回上海的家里，我都会去打开翻开看看，感叹光阴流逝的同时，也在提醒自己好好珍惜跟爸妈相处的日子。

在我写完我人生中第一篇非课堂作文的文章后，爸爸下班回来专门花费了一两个小时给我做批注和修改建议。在我把稿子写得满意后，爸爸鼓励我给当时的一家童话报纸投稿试试。

没想到一个月后，那篇童话作品果真被报纸刊发了。在后来的年月里，我明白人生其实就是不断尝试未知的可能。

还有一件事，是二年级的一堂语文作文课。

一堂课是四十五分钟，老师让同学们当场写一篇作文，下课前就要交。

我洋洋洒洒写了数百字，用了二十分钟，就提前交了作业。语文老师觉得不可思议，当时只有我一个人写好了，不仅字数达标，作文质量也被语文老师认可。不知是怕我闲着没事儿做，还是想再试试我，又让我再继续写了一篇作文。

同样的，等我写完第二篇作文交给老师时，距离下课还有五分钟时间。语文老师在那天当着全班学生的面儿表扬我不仅写作速度快，还是写得最好的，经常被评选为优秀作文在学校橱窗里展示。

凡事皆有因果，也很感谢读书时经历过的数位语文老师。是你们在一个孩子最需要启蒙的阶段给予的鼓励，让我一步步将写作坚持了下来，成为我人生中不可或缺的一部分。

5

按部就班地读完小学、初中到高中毕业，我离开了生活了十几年的城市，去了十三朝古都西安读大学。

在大学的几年里，开始接触多元化的生活方式，懂得人性复杂，知道一切努力都是为了毕业后的人生做铺垫，更明白恋爱的分分合合皆是常态。往后的路还要走很久很久，往后的苦和难还会层出不穷，路太远，没有谁的陪伴会永远。即使没有人愿意渡你过河，你也要勇敢抵达彼岸。

毕业季，大学同学都各奔前程，因为工作、因为梦想，我们每天穿梭于不同的城市。

四季往复交替，时间让我们变得成熟，又让成熟收回我们的勇气。

你离家的距离，也许相距一千多公里。

你离想念的人，也许相隔十几个小时。

曾陪你一起做梦的人，现在他们在哪里？

记忆像是墙上的裂痕，被雨水打湿后，长出绿色的青苔。

机缘巧合下，我去了北京，没有留在西安，也没有回上海。

一同进京的还有大学同学小北，他在一家音乐公司做播音，一干就是八年。

去北京之前，我放弃了爸爸的工作建议，选择了一心想从事的出版工作。

爸爸说，如果认准了方向，就不要回头，爸爸相信你。

临行，爸爸送了我一套西装，怕我不会打领带，给我预先打好了几条领带的结。

事实是过了这么多年，我依旧学不会打领带。

初到北京，因入职时间仓促再加上地理不熟，我住在海淀区的北六环，而上班的公司位于丰台区的南四环。每天早上四点就要起床，历经两个多小时公交，才能赶在八点半之前打卡上班。下班同样需要历时两个多小时，到住家时已是晚上九点左右。

一夜的车程加上疲惫的酸楚弄得脸色看起来很不好。一进门顾不得出去吃饭倒头便睡着了。醒来，再睡去。被爸爸打来的电话唤起来的时候，隔着电话听筒仿佛闻到了他身上一股淡淡的烟熏草味，还有妈妈忙碌着饭菜的身影，然后一家人在一起吃饭。我知道在我的生命中，我不能没有他们，就像他们不能没有我一样。

有时候会收到洋洋的短信，对我嘘寒问暖，记得她一直记挂我。还会接到小北的电话，在我心里是值得依赖的好兄弟，我们说大家都要好好的，好好照顾自己。还有在杭州的陈悦的问候，告诉我生活是在不经意之间过去的。等等，等等。我感念这一切，他们证明我在这个世界上不是孤独存在的。

　　朋友之间彼此问候，分享内心所有细致的感受，可能这些细微不容易被探测，但仍让人为之动容，如此郑重的珍藏。
　　事情都是这个样子，时间可以带走荣耀和暗淡，却可以留下很多真实情谊，那些和我一起脚踏实地走过生活的朋友，我们至少还有一份共同的记忆。这是一种不可代替的理解，是一份无法割舍的纪念。这些温暖也会陪伴我们走过今后长长的岁月，且在岁月里验证什么叫记忆。

　　之后的许多年，我在人生的旅途中不断地往返于我所居住的城市，她的名字叫北京。我想我是爱这个城市的，那么多的物质，那么典雅的文化，那么多的机遇。而它们是如此吸引着我，让我身不由己，让我奋不顾身。我多么希望她的繁华，她的包容，她的流光溢彩，至少有一部分永远属于我。而我日渐老去，仿如我当初一无所有的快乐着。小时候从没想过要来北京，但之后会知道这其实是命运。

也许有一天我会忘记这座城市，但有一些人，一些事，会提醒我，我们曾经在彼此的血液里流淌过，我们依旧在想念。

# 6

因工作关系，会认识很多媒体人，有些留在了心里，有些如过眼云烟。

CC是腾讯读书频道的编辑，北京人，长相甜美，但内心却是个女汉子，一到假期绝对是背着单反满世界到处跑的主儿。工作接触中给我感觉，爽直而厚道，从不跟你玩心眼儿。

记得那时是二零零八年二月，我刚好主编了两本书要出版，需要拍摄几张自己的人物照给媒体发通告。但对摄影圈还不熟，便问CC有没有靠谱的摄影师推荐。CC说，不用找别人

了，这事儿找我哥们就成。我委婉地问，需要多少银子？她说，不用钱，都自己人。

其实，那会儿我跟CC刚认识不到三个月，之前只在公司举办的一次新书媒体发布会上见过一次，平时也都是在QQ上聊工作。

周六下午我们约在国贸建外SOHO，除了CC，还有她一摄影师哥们和她闺蜜作陪。

拍片的过程中，CC好似一个拍大片的导演，指挥着摄影师哥们该拍什么场景，建议我怎么摆Pose，如果觉得背景太单调，还会让她的漂亮闺蜜客串人物背景。

连续拍了两三个小时，我心里过意不去，对CC说，我请大伙儿一起吃个饭吧。CC说，甭折腾了，找个咖啡馆坐会儿就成，早回去还得给片儿做后期。我点头。

生活在都市里的人，日常的工作已够多，如果有人能为你腾出时间做一些事，那一定是值得感激的。

时隔八年，我和CC在北京的见面次数不过八次，有次无意间问起她，CC，过去了这么些年，我一直有个疑问，当初咱俩因工作关系刚认识，也说不上很熟，你怎么会想到要帮我拍片儿？

CC那天正在越南旅行，她在微信上说，都过去这么久的小事儿，你怎么还记着呢？

我说，你快跟我说个因为所以，我得把这事儿写进新书里，平时都太忙，权当留个念想吧。

过了二十秒，CC发来一句话，她说：因为觉得你很努力，努力的人都值得帮助。

看她发的这句话，回想起我这几年的事业和生活，一路走来得到了各种朋友的帮助。一直觉得自己是个知恩图报的人，对于别人对你的好，对于别人对你的恩德，在我心里，会铭记一辈子。

你要相信，用心对待身边的每一个人和每一件事，此生，终究会遇到同样愿意无私待你之人。所谓将心比心，即是如此。

# 7

这个世界上有真心帮助你的人，也会有想给你难堪看你跌倒的人，人生的得到和失去，顺心如意和跌宕起伏真的都是很寻常的事。

在我当初刚从品牌推广部的媒介经理岗位调入产品策划部任职产品经理时，所在的图书项目组有位王姓男主管，被同事们私下唤作"嘴欠王"。开始刚去我不明所以，后来才恍然。

嘴欠王戴一副黑框眼镜，一年四季十二个月，除了天冷加衣天热减衣外，基本都是一身固定穿着常年不换。上身总穿一件深蓝色外套，下身是一条黑色灯芯绒裤子，搭配黑色皮鞋，黑色皮鞋上的灰尘明显至极也永远不会弯腰去擦。

嘴欠王在公司特不让人待见，别的部门的人永远只喊他大名"王大宝"，而不会尊称他的职位头衔"王主管"，更不会称他"王老师"。之所以被公司委任为项目主管，缘于曾经走运策划过一部销量在五万册以上的畅销书，但仅此一部，直到几年后他离开出版业我再无听说过他。

据传，嘴欠王只要一开口准能让人生气，跟同事从不会说一个讨喜的字儿，可谓人见人烦。部门同事小红私下说，嘴欠王是成天顶着炮轰的脑袋还梳个雷劈的缝，脑袋空不要紧，关键是不要进水。在公司是得罪了不少人，还照样管不好那张嘴。这也是他封号的由来。

刚进产品项目组的第一个月，嘴欠王会在QQ上以命令式语气给你安排工作内容，并怀疑你的工作能力，生怕你不听他的话不按章办事会生纰漏，让人感觉很不舒服。

后来小红说，他那人就那德行，就管了我们几个人，官本位思想太重，太把自己当回事儿了。

偶有逢年过节，项目组外出团建吃饭，嘴欠王一上桌翻开菜单，也不问我们几个同事喜欢吃什么，直接喊服务员报上了几道菜，后来知道那都是他每次去那家餐厅特别爱吃的必点菜。然后我们几个就象征性地动几下筷子，大部分时间是面面相觑地看着他风卷残云般吃完桌上的饭菜。如果不是他名片上印制的职位，你永远不会想到这样一个不懂礼数，做事不大气、抠抠搜搜的人会是一家知名公司的小领导。

每个人都有自己的工作方式和习惯，比如我喜欢下班回家后在夜深人静时写策划案、编辑修改稿件，效率比在公司时高N倍，忙到凌晨一两点都是家常便饭。

嘴欠王喜欢在公司里忙碌，还特意在QQ群里要求部门同事下班后别着急回家在公司加班，以此给公司领导彰显加班的积极态度。

有一次，到下班的点儿当我起身欲离开时，自身后传来嘴欠王阴阳怪气的声音：小耿，这么早就下班啦？

我回头"嗯"了一声，说：公司离家比较远，得早回去做明天的图书选题立项PPT。

哪知嘴欠王此时走到我面前，双手抱胸，气势汹汹地说，你刚从品牌推广部调入产品策划部，公司给你这个难得的机会，你不要不谦虚。

周边所有同事像看笑话般纷纷抬头侧目。

只见他扶了扶鼻梁上的黑框眼镜，用极度夸张的口吻说道，明天的图书选题立项会你必须要有个选题通过，不然，从哪来的就回哪去。

突如其来的训斥让我错愕难当，满头雾水。所谓驭下之道，赞美要公开，责备不能公开，这是职场最基本的道理。

嘴欠王刚才那样分明是当众给我难堪，我正打算理直气壮地回应他时，前台姑娘在远处喊道，王大宝，快取走你的快递。

话音刚落，只见嘴欠王抓起桌上的手机，屁颠屁颠十万火急似的掉头就朝前台的方向去了。

据同事讲，那是每隔半个月都会从嘴欠王老家寄来的家乡特产。从没有跟同事分享过，大家也不知道是啥。

小红事后安慰我说，他以为头上顶坨项目主管的屎，自己就是金刚葫芦娃。别跟丫一般见识，就当丫放了个屁。

　　当晚，我憋了一肚子委屈，将图书选题PPT做得天衣无缝。

　　第二天上午，轮到我们组在幻灯片上讲解各自的图书选题PPT时，因为准备充分，不到十分钟的讲解，坐在会议室正中央的大Boss听得频频点头，其他各部门总监也应声附和图书选题前景不错，当场拍板立项确定，还赞许了PPT对市场分析、产品卖点做得很全面到位。

　　而轮到嘴欠王讲解自己的图书选题时，频频被品牌推广部总监质疑图书选题的诸多不确定性。没等大Boss发话，发行部总监也加入了对其图书选题项目的否定意见，产品总监也投了否决票。

　　与会的各部门同事，似乎都憋着笑，看着脸上一阵红一阵白的嘴欠王。

以为对嘴欠王的批斗会到此为止，品牌推广部总监还在大会上说了一件事儿，让大Boss眉头紧皱。

说是嘴欠王上次刚签约的一个非常看好的所谓大牌作家的稿子，人家作者压根儿没当回事，也不配合做市场营销宣传。更有趣的是，签约的稿子居然还是该作家几年前已出版过的再版图书，而嘴欠王从当初图书选题立项到图书上市，明知隐瞒还不上报，结果导致全公司还跟傻子似的处于非常被动的工作局面。说他类似的问题已经不下十次了，嘴欠王每次都跟大家保证不会出问题，却回回出问题。嘴欠王颜面尽失，信誉尽扫。

当初，我就曾跟小红预言过，嘴欠王若对自己的诸多缺点仍不自知，终究会害了自己。

据说，后来嘴欠王离开那家出版公司后又辗转去过别的公司谋职，结果都干不长久便被辞退。再后来因生活所迫无奈离开了北京回到家乡，音讯全无。

原先说过的很多话，而今，均一一应验。深信，时间，会让我们看得愈来愈真切。

8

人就是这么奇怪，当近在咫尺时，我们往往会忽略身边爱我们的人，直到分离远行时，才想起要好好珍惜。

二零零八年四月，爸爸被外派去非洲安哥拉工作，为期一年，从北京首都机场出发。

我提前跟公司请了假，给爸爸去送行。在此之前，还专门百度了安哥拉国的现状，因为是战乱重建国家，地面下还埋有许多未安全处理的地雷，治安也很混乱。我对爸爸的安全甚为担心，对爸说，爸，在非洲可一定要多注意安全，能不出门就别出门，别去人少的地方。我会常回上海看望妈妈，别担心家里。

事先，我把提前给爸爸买好的新手机、相机、衬衫、剃须刀、驱蚊虫药水、感冒药等必备物品一一清点并装好，还教会了爸爸怎么使用QQ上网跟我聊天视频。我对爸说，有空的时候就多拍几张照片传回来。爸爸说，儿子你就放心吧，等爸回来的时候，你可别还是一个人了，到时该让我见见你的女友了。我笑说，好，一定。

在爸爸过安检与我挥手微笑告别时，我望着爸爸一米八的身影，心里突然涌上一股说不上来的感觉，既欣喜又悲伤、想追回拥抱又不敢声张。父母家人的亲情，是这个世界上最独一无二的感情，那一刻，我比以往明白。

每个人都会遇见懂得欣赏自己的人，只是时间的早晚而已。

那一年五月，L小姐是我来北京后的第一任女友，彼时她在悦己网从事编辑工作。

L小姐，水瓶座女生，内心极度敏感和细腻。大学学的是英语专业，毕业之后与我一样，都怀揣着勇敢来到了北京。

在职场的重压下，她自学了平面设计软件，经手设计过的

专题网页不但有创意且精美，还写得一手好文，曾经在时尚杂志上还能经常看到她写的文章。

与L小姐相处的日子，她教会了我许多，比如：永远不要伤害，最懂你、心疼你的那个人。只是这句话的深意，我在两年后才明白。

那时的我，觉得有深爱你的人，愿将你放在她心里最重要的位置，超越时间和生命，当是幸福的。

六月的某个周末，我带L小姐回上海去看望妈妈。

妈妈见后，开心地点头微笑，拉着L小姐的手，觉得我在北京有人照顾了，也就放心了。

妈妈对她说，我儿子呀，笨得连领带都不会打，他要是对你不好，你就告诉阿姨，我替你收拾他。

过去了良久岁月，我至今依然记得L小姐的笑容。

有些人的遇见，有些事的发生，也许早已注定。终有一天，这段因果，由我开始，终究也由我结束。

祝愿，每一场感情，都可以让你的性格变得更完美。那个你喜欢上的人，要值得你喜欢。你与她相处的过程，可以让你更了解爱的本质。即使分手，也可以带着更好的彼此，奔赴下一场美好。

此时此刻，我用文字记录下曾经那些真实发生过且历历在目的过往，致那些不复归来的我和你。

我不是一个善于否定自己过去的人，永远记得，谁爱过你和你爱过谁。相遇与离别不仅仅是瞬间，还是彼此相扶持走过一段人生的印痕。没有遗憾，便无法真正体会幸福到来时的弥足珍贵。

谨此，给每个勇敢面对选择的人。

## 9

入眠多梦。凌晨醒来，会想努力记起梦里遇见的人和纷繁的事，但画面依稀模糊。生活仿佛即如此，有所幻灭、有所真实、有所坚持。

小北说，这个城市每天都会来来往往很多人，上一秒可能还在与你嘘寒问暖，下一秒就可能会与你擦肩而过。

那一年，刘胖子说出差路过北京，要跟我和小北聚聚。刘胖子是我们的大学同学，性格也算憨厚，家里在当地还算中产。大学一毕业就被他爸安排进了当地一家电力企业，城市小，各种媒人和红娘都纷至沓来。听说他那段日子除了上班就是相亲，见过的姑娘足有一个加强连那么多。

后来，刘胖子终于通过媒人介绍相到一个喜欢的姑娘，终抱得美人归，也是我们大学同学中结婚最早的。但人生似乎总充满了不可预见，你最初爱的那个人并不是你最终爱的那个人。

那晚，我跟小北在东三环的一家餐厅宴请刘胖子。
干了十瓶啤酒后，刘胖子在小北的过问下，眼神泛红地酒后吐真言，一开口就说了俩字：妈的。

那是结婚半年后，刘胖子在家人的催促下，特想要一孩子，但是他媳妇儿还不想要那么早，总跟他说，再等等再等等。刘胖子说，我们现在有房有车有工作，还有啥好等的。刘胖子他妈也做儿媳妇工作，说姑娘家要趁年轻，早生对身体好。

可怎么说，刘胖子媳妇儿就是不动心。无奈，他听从了发小出的主意，用针在安全套上扎洞眼儿。两个月后，他媳妇儿果真中招怀上了，刘家人喜出望外。本来事情到这也该圆满了，但老天偏偏不让人得偿所愿。

这事儿说来也巧了，当时刘胖子特憨厚地拉着媳妇儿的手，假惺惺地在那自证清白，说每次自己都戴套上岗，怎么就怀上了呢？这一问不打紧，结果他媳妇儿就承认自己在外面有人了，居然还是前男友的孩子，各种哭诉想求得刘胖子的原谅。

这下可好，刘家人知道后像炸开了锅，城市就这么大，家人上上下下哪还有什么颜面。刘胖子他妈还专门给当初介绍相亲的媒人打了个电话，人家唯恐躲之不及，一听是那事儿，立马挂了电话。和华尔街的投资银行一样，媒人们扮演着为一方做尽职调查和为另一方做假账的双重角色，只要撮合上市佣金到手，完全不用管婚后行情有几个跌停。

后来，两家人闹得不欢而散，终以离婚收场。

听刘胖子说完，小北举起酒杯说，妈的，你这都结婚离婚整了一个来回了，我和耿哥还处在社会主义初级阶段，为你这最大的人生赢家干杯！

从餐厅出来后，我和小北扶着喝高的刘胖子，已接近凌晨。北京的夜依旧灯火通明，光芒万丈。刘胖子醉醺醺地说了句，怪不得你们留这儿不走了，妈的，还是首都的夜漂亮！

看着久别重逢的刘胖子，我忽然觉得，任何一段爱情的基础，不是房、车，不是银行卡里的数字，也不是什么姻缘际遇，而是运气，只是我们往往并不愿意这么承认。而分手这件事，永远只能靠落单的自己，一个人处理。

## 10

随着时间的不断推移，你会发现比你优秀的人有很多，工作本身总有一浪高过一浪的挑战，仿佛逆水行舟，不进则退。

因工作经验的积累和业绩的突出，我在进入出版业的第二年，被另一家出版公司邀请去做了部门总监。干了这么多年出版，我想我是爱这个行业的。你不需要熬年龄熬资历，完全是靠数据结果来说话。可能一个月前你还默默无闻，但下个月你策划了一部销量在十万册以上的畅销书，众人便会对你刮目相看。

北京这座城市，机遇瞬息万变，但永远只留给有准备的人。

刚去那家公司时，不仅要为部门组建一个高效的团队，还要以身作则做出畅销的图书产品。公司从上至下，表面上可能都会对你尊敬有加，但在看到你正式做出业绩之前，还是会在心里犯嘀咕。

那段日子，晚上我在家里忙活到凌晨两三点都是常有的事儿，签约的每一个作者，若不管不顾不为他们的图书销量去努力，谁还会对此更上心？他们把期望寄托在我身上，这不仅仅是信任，更是无可推卸的担当。

然后白天还需要不断面试应聘职员。我所在的那家公司并不缺钱，但跟其他公司一样唯一缺的就是人才。我一直觉得，企业聘请员工就好比购买一个人的才华和服务。如果面试官凭个人经验判断对方确实是可用之才，人家开价八千元，你就不能砍成六千元，最明智的做法是再加一千元，你所得到的服务和创造出的价值会远远大于八千元。

而许多没有远见的公司或面试官，在招聘员工时就好像在菜市场买菜，能砍价就砍价。相同物品的质地是一样的，但人才的价值是截然不同的。如果以买一件物品的砍价心态去招聘人才，不仅会打击员工的积极性，反而更会把优秀的员工拒之门外。

有一次，听闻在一家公司做HRD的朋友抱怨，招不到靠谱的市场总监。我对她说的第一句话就说到要点：肯定是你们薪资标准不靠谱。

因之前做市场总监的工作经验，我跟她说：市场部门最主要的工作简而言之就是"营销推广"，一个优秀的市场总监的个人技能素质需练就十八般武艺。除了部门管理外，媒介PR、活动策划、文案创意、新媒体运营、品牌传播等职能都要样样精通。一个人需要背负这么多压力带领团队去开疆拓土，若没有高性价诱惑，势必只会导致企业看不上低能者，有能有才者看不上企业，招不到靠谱人才自然情理之中。尤其是现在，很多公司都不差钱，而人才却是企业发展的基础。朋友求建议。我说，如果想对症下药，唯有重赏。重赏之下，必有勇夫。

有一天中午在茶水间休息间隙，刚转正没几天的新同事小丽跑到我边儿上说，耿总，我能问你个问题吗？
我看她神秘兮兮的，面带微笑地回她，什么问题？问呗。

她说，我一直挺好奇，当初你面试我那天，看到我简历时，怎么不好奇我为什么会频繁换公司？我去别的公司应聘时，每家面试官基本都清一色会问为总跳槽这个问题。但你从没问过我。

　　我冥思了两秒钟，想起小丽的简历上确实写明了她在工作的三年间换过四家公司。但在我的定义里，这并不能代表什么。我看过她在别的公司做过的工作内容和之前的业绩情况，在面试沟通的有限时间里完全可以有把握地分析、甄别出她的大致情况。

　　我笑着跟她聊起来，现在都什么时代了，频繁跳槽这个现象很普遍，根本不能完全代表忠诚度的问题。你在之前的公司先后跳槽，无非是两个问题。一是钱没给够，还有一个就是心受了委屈。就好比两个人谈恋爱，如果觉得不合适了还会分手，即使结婚了领了证，过的不痛快还不照样第二天去办离婚。我们不能用过去一成不变的招人思维，来看待这个可以分分钟换一个品牌手机或一辆车、一套房的当下。只要你能给公

203

司创造价值，我就没理由因为你过去的跳槽经历而不用你。再说了，不多比较下，你怎么知道哪家公司最适合你呢。

小丽听得点头称是，跟我说，耿总，你果真是业内传言说的不按常理出牌。

其实人生在世，我们每个人都要勇敢尝试，终会找到属于自己的路。适时改变，在路上，遇见一个更好的自己。

记得那段时间，白日因有条不紊的忙碌而觉充实，夜里因为疲惫似乎无暇思索太多人和事。

直到第二天醒来，依然会隐约感受到夜里的安稳和踏实。

那一年的夏季与以往不同，平淡，却让我觉得幸福。

八月五日的生日渐行渐近，即将又年长一岁。

如果我不再年轻了，希望有一天，你仍能记起我年轻时的样子。

## 11

周末，在一家互联网公司就职的朋友颜小姐致电我，无论如何都要一起约个饭。

因平日忙碌，在北京相熟的朋友，一年见面的次数也是屈指可数。我欣然应允。

颜小姐来北京三年，与我相识不到一年。

初识，她在一家会展公司从事3D及平面设计工作。

去年底第一次在咖啡厅聊天，自来熟的颜小姐便跟我八卦他们公司的是是非非。

我听得诧异，问她，既然做得不开心，薪资不过5K，为什么不另谋高就。

她不假思索地说，我不知道除了会展行业，还能去什么行业。在行业里换不同的公司，薪资也不会高到哪儿去。

我笑，你知道跟你一样学设计出身，PS、AI等设计软件样样精通的，在互联网行业的薪酬吗？

她有些不好意思，我不是重点大学毕业，也不是应届生，你觉得互联网行业会要我这样的出自会展行业的吗？

我做出无奈状，与她分析，你对自己也太没信心了。你没有重点大学文凭但你有扎实的设计工作经验；你没有在互联网行业从业过，并不代表你没有进入这个行业的资格；何况在这个处处看脸的时代你不仅有设计审美你还有颜值。不试试你怎么知道自己不行呢？

她点点头说，这些年我总是在按部就班地生活，听你这么一说，我倒还真要改变下自己了。

那次咖啡厅一别后，颜小姐总算迈出了职业转折的第一步。

在投出上百封简历，与二十多家HR面试后，终究收到了一家互联网公司的平面设计工作Offer，薪资过万。

再次见到颜小姐，已经明显与几个月前的她不同。

有时候，不是行业，也不是周遭环境和朋友圈局限了我们，而是一成不变的固有思维让我们画地为牢。

道理世人都懂，无论是面对一个全新的环境，还是资深平台遇见新鲜人，我们都要给自己和对方一个可遇而不可求的机会，说不定会有意想不到的结果呢？

　　在出版业就职多年，经常会遇到有各种困惑的小伙伴。

　　产品经理Sally最近遇到的几个问题也不妨说说。

　　那天去参加一个出版圈朋友举办的小型趴。

　　闲聊间隙，身边一个女生恭敬地问，您就是策划过某某书、某某书的耿老师吧？

　　我素来对不相熟但有礼貌的人颇有好感，连忙说不用客气，又示意让她坐下。

　　听Sally说刚入行半年多，现在某出版公司从事图书产品经理一职。

　　大概聊了一会儿，我问Sally最近在策划什么图书。

　　Sally面露难色，对我说，刚收到一部稿子，图书市场也很明晰，很看好这本书出版后的前景。但是，因为作者是新人，从未出版过任何作品，在开公司选题立项会时，产品、发行、营销部负责人并不看好，而自己又位卑言轻，没有话语权。

说完，Sally非常信任地将手机递给我，给我看她做的那份图书选题企划案。

看完文稿样章和Sally撰写的精良文案后，以我多年的经验，即使这本图书出版后达不到十万册以上的销量，两三万册的销量还是可以的。

Sally欲言又止，然后问我是否也遇到过这种情况？又是怎样应对的？

我喝下一口柠檬水，一瞬间，脑海里浮现出这些年曾在会议室据理力争的画面。

在这个凡是看销量、粉丝数值和拼颜值的当下，毋庸置疑，新人做什么都很难。

Sally继续倒苦水，跟我聊她所在部门的总监W。

W总是站在个人角度对Sally说，要是她，是不会对这么一本书感兴趣的。

Sally并不认同，毕竟每个图书产品都有它的受众人群，你不喜欢，但总有一批数量可观的年轻人是追捧的。

我们不能以现在的眼光去审视过去，更不能以过去的眼光去定夺当下。

在做一个图书产品的时候，有话语权的决策者往往不会站在读者角度去考虑问题，而是以自我主观意识来判断。因个人情绪化或不信任等方面，从对事不对人过渡到了对人不对事。

每到招聘季，各家HR开始不停地招人。

矛盾的是，公司管理层又想培养新人，却又不想给新人发光发热的机会，怕抢了风头。

职场中对新人的积极性打压和童年时大人对孩子想象力的扼杀，其实是一个道理。

结果往往导致，听话的很多，有想法的不多。千里马很多，伯乐不多。

话到深处，Sally又跟我讲了他们公司的各种人际纷争，本身是为业务部门提供服务支持的财务部和法务部门，都可让他人畏惧三分。

我听得唏嘘不已。

Sally问我该怎么办，是否应辞职另谋他处。

我没有鼓励Sally辞职，而对她说，无论以后做什么选择，只要尽力了便问心无愧。

职场中，当你只比他人优秀一点时，会招来嫉妒。

如果你比他人优秀一大截，那自然会被众人羡慕，唯马首是瞻。

嫉妒的最高形式是承认，而往往有些人永远不会承认你很优秀。

我们没有办法改变所有人的想法。

你是一个新人，她也是一个新人，我们都曾是新人。

可是，那又怎样？

明星、作家、高管，谁又不是一步步从新人走过来的？

"新人"只是一个暂时的名词，并不能代表和否定一切。

长江后浪推前浪，我们有什么理由不给新人机会？！

## 12

　　之前有天，看到手机上有个未接来电，是小北打来的，给他回了条短消息：哥开会呢，一会儿联系你。等散会，见窗外早已是黑幕一片。


接通电话后，我直奔主题，找哥啥事儿？

哟，哥您这还没下班呢！

开了一天的会，我嗓子疼得难受。问他，你嘛呢？

哥，兄弟这生活太艰难了，为了多掌握一门吃饭的手艺，我正在练习左手使筷子。

我说，你小子别废话，没事儿哥可挂了啊。

别，别呀，我还没说正经事儿呢。你还记得我们大学时的专业课老师张导吗？

我说，记得，怎么了？

他今天在QQ上让我给他们毕业班一学妹引荐份北京这边的工作，我哪儿成啊。你又不是不知道兄弟我这混得几斤几两，顾上自己还差不多。张导对我们当年都不错，从没故意刁难过我们整个挂科啥的。我寻思着你估计能帮上忙，就索性问问你。

我说，成，这事儿你就甭管了。

小北说的专业课张导师，我当然记得，大学的时候没少鼓励我。想想他推荐的学生应该差不了，怎么说人家一个刚毕业的应届生想来北京工作也挺不容易的，就答应了这事儿。

学妹晓楠比我小几届，她来北京后，我把她推荐到朋友的公司去做了编辑助理。

晓楠见到我的那天，特别高兴，长得挺讨喜，一口一个哥，一口一个耿老师地换着叫，说是一定要请我吃个饭感谢我帮了她圆梦。

在餐厅吃饭的时候，我问她，姑娘家，怎么会想着独自一人跑北京？

她笑得灿烂，说，我一直想做跟文化有关的工作，之前也听导师说过有学长在北京文化圈发展得很不错。特别羡慕，工作一定很有趣。

许久没看到这么单纯的孩子了，我说，在北京工作刚开始都是很艰苦的，你可别三分钟热度喔。

她说，我从小就特喜欢看书，以后还能跟很多名人作家接触，肯定不会三分钟热度啦。

那就行，以后要是有什么困难或需要帮助，记得跟哥说，出门在外有个照应，别客气。

对了，耿哥，你说为什么现在找工作都得要工作经验，要是没工作经验，压根儿进不去，诸葛亮出山前也没带过兵啊，他们凭什么要我有工作经验。这次要不是学长出手帮忙，我就进不了文化圈工作了。

我呵呵笑说，这呀，以后工作久了，你自然就明白了。不过哥可把话说前头，师父领进门修行在个人。

那次见过之后，因彼此公司离得也比较远，平时忙得基本也没时间再见面。偶有QQ上聊几句，问下近况。

直到半年后的某一天，北京刮了很大的风，出门都得戴口罩。我接到晓楠从火车站打来的电话，人声鼎沸，我一边按着耳朵一边听她跟我说，她刚在两天前递交了辞呈报告，要回家发展了。

这消息有些突然，我好奇地问她，怎么突然不干了？不是干得好好的吗？

她说，哥，心太累了。

我问，怎么累了？在公司受人欺负了还是？

她说，感觉这不是我想要的生活状态。每天起早贪黑的，在公司总有看不完的稿子，挑不完的错字病句，在北京也没交到什么朋友，一个人有时候也挺孤独的。反正，怎么说呢，就是感觉这里跟我以前梦想的不一样。大学学的那些知识，在现实工作中压根儿用不上。感觉每天要是不继续学习，就跟不上这个城市的节奏。公司也经常会邀请作家举办签售会，也确实见到过不少以前只在书上看到名字的作家，但是喧嚣热闹之后，每天挤在很多人的地铁里，住在跟人合租的一套房子里，都没有时间思考别的了。哎，所以我还是考虑回家工作吧，不管怎么样，都不用这么累了吧。我还是想过得安逸一些，不想太折腾了。

听晓楠说话的语气，已经和刚来北京时判若两人。仿佛经历了千山万水般的险阻，看破了尘世般的苍凉。

我跟她说，哥懂。并跟她说了一些祝福的话，互道了声再见。

我想起自己这些年，在北京经历过的坎坷，一次次把我逼入绝境，都在千钧一发之际迎刃而解。有时候你不逼迫自己，永远不知道自己的潜力有多大。

　　每次路过CBD，都会看到很多穿着考究、打扮精致得体的白领上班族，表面光鲜亮丽，可在这个城市生活的每个人的背后都有不为他人所知的艰辛和落寞。他们都没有选择安逸，而是为了各自的目标留在了这座鳞次栉比的城市，克服着一个又一个难关，在不断用心努力。


　　如果时间真的错位，我可以再选一次，我还是会选择来北京。而且，义无反顾。这个世界从某个角度来说，有其公平的一面。得失得失，有得就有失。在哪里跌倒了，就要在哪里爬起来，养好伤，第二天依旧可以笑傲江湖。同是行路人，想必你也一样。


<h1 style="text-align:center">13</h1>


　　新认识的朋友笑笑问我，能在这本书里看到一个完整的我吗？

　　我说，这本书所承载的只是我长久路上的一部分。

而真正了解一个人，需要知道并理解他的过去，关注和在意他的当下，陪伴一起走过他的未来。缺少任一部分，都是不完整的。

然后笑笑问，我跟L小姐后续怎么样了。

我淡淡地说了四个字：各安天涯。

我们的故事和无数分分合合的故事一样，命中注定让我们相遇，默契决定我们能走多远。

我跟L小姐分手后数月的某一天，因工作关系她来北京。

我们约在双井富力城二楼的一家餐厅见面，那也是我们人生中最后一次见面。

久别后的沉默，仿若两条平行线，无论怎样努力都难以觅得，恰似对方的交集点。

也许，有些人与事，随时日变迁，仍会保留固有的坚持，我们依旧无法改变。

现在偶尔还会闪现过去的几段感情经历，已经无所谓是非对错。

有些地方一旦离开，此生，便永不会再去。有些人一旦分开，此生，便永不会再见。

　　即便我们曾经彼此相爱，如果，你于我，只剩下显而易见的谎言，就当海水未蓝，梦长不过天明。即便曾一次次地被伤害包围、被欺骗、被挨了一剑、被落单了又怎样？你要相信，落单并不是孤单。你不孤单，因为你爱过。更要相信，这个世界本是因果循环的，你伤害了别人，有天也会遇见一个同样来伤害你的人。只是时间的早晚而已。

　　要知道，那些曾经，只是曾经。不要让曾经的喜怒哀乐，影响到你今后遇到的那个对的人。

　　我一直觉得，一个人爱不爱你，看他是否愿意为你去改变。

　　每一次失恋，都是一次成长。它让我们变得成熟、变得坚强，让我们懂得：真正的爱，是包容、理解和迁就，而不是一吵即溃。如果你真的在乎一个人，是不会做对不起他的事。若一个人真爱你，需做到的基本一点是理解你，不偏执、不勉

强、不离不弃。

两个人，不要轻言分手，分手就是放手。一个人遇上另一个人，从相知到相爱，本身就是奇迹，你没有办法创造再一次新鲜的奇迹。如果他懂你，便会了然于心。

无论岁月让我们经受了多少磨砺与不堪，当我们遇到那个对的人时，依旧对生活充满了爱和激情。

## 14

爸爸从非洲回国那一年，距今已有七年。

七年间，我和爸妈的相见，因工作的繁忙和不在同城，也是聚少离多，微信、QQ、电话成了我们之间联系的纽带。

每一次电话，妈妈都会在电话那头，跟我嘘寒问暖，然后顺着问起我的感情状况。

念及此，我会偶尔沉默。妈妈便不再多说，这是我们之间的默契。

姐姐说我的性格像妈妈，温柔中带着坚强和刚毅。

小时候爸爸经常出差在外，在家里更多的管束和教育都由妈妈来承担。如果犯了错，妈妈会让我说出犯错的地方，认识到哪里做错了。并让我保证下次绝不能再犯同样的错误，跟我说一定要从小做个说到做到、言出必行、顶天立地的男人。

迄今为止，我一直在按照妈妈的话为人和处事，不得不承认，妈妈对我的爱早已根深蒂固般渗入我的内心，由衷地感激妈妈对我从小到大的谆谆教导。回头看我过去走来的路，有曲折，但每一步都走得有力量，无愧任何人。

在我的印象中，妈妈很少流泪。如果有，也是因为这几年姥姥和姥爷的相继离去。

打我记事时起，姥姥、姥爷就成了我生命中不可或缺的一部分。姥姥和姥爷常年生活在祖籍家乡，因为有他们生活在那里，也是我对那片中原大地唯一的牵挂。

姥姥是一位非常慈祥、和善的家人，在我心里会一辈子都记得她的音容笑貌。

如果你问我的姥爷是怎样的一个人，我不能用一个词或两句话来准确概括姥爷的一生。姥爷的一生很宏大，是我过去、现在，乃至将来都很崇敬的一位家人。

　　如果问我，这三十年来最大的遗憾是什么。我想，我会内心沉重地告诉你，因为那些忙不完的工作，而忽略了多回家乡去看望、陪伴我的姥姥和姥爷。

　　我的姥爷，戎马一生，从十几岁开始，便参加了八路军，南征北战。抗过日、与鬼子拼过刺刀、参加过抗美援朝、去西藏平过叛乱。小时候，陪妈妈回祖籍家乡，最爱做的事就是缠着姥爷，要听姥爷讲他过去那些传奇的经历。

　　姥爷在那个战火纷飞的年代，读过的书不多，但学识渊博，在当地十里八乡颇受人尊敬。

　　记得在姥姥去世的那一年，我和爸爸妈妈姐姐第一时间赶回了家乡，去看望姥爷。除了悲伤和想念的话语，我能做的似乎只剩下给姥爷留下一笔钱，但金钱的作用在那时已显得异常单薄，没有任何分量。

我害怕这一别又是阴阳两隔，临回北京前，我特向姥爷行了跪拜之礼，磕了三个头。在那时，我觉得那是我唯一能做的可以表达我内心深处情感的方式。等我站起身时，我看到姥爷早已流下了眼泪，那是我有生之年第一次，也是唯一次见到姥爷落泪。

　　没曾想，在姥姥离去的一年后，姥爷也驾鹤西去。又一次回到家乡，我看着姥爷的房子，看着那个充满太多记忆的院落，那段日子，我突然发现，姥爷真的已经不在了。

　　我安慰妈妈，是因为姥爷太想念姥姥了。虽然我知道这安慰，太微不足道。

　　人生在世，我们无法违背生命轮回的自然规律。

　　不如好好从现在开始，每天、每周、每月、每年都留出些时间，给我们最挚爱的家人，为家人的付出，本身就是最大的幸福。

　　爸爸妈妈姐姐，以及身边爱我的朋友，如果到了以后，无论什么时候，都不要忘了我还爱着你们。

## 15

过去即未来，未来为谁而来？

生活本身就像一个大谜团，你解开了一个谜团，紧接着你还会面对下一个谜团。

在写这本书之前的几年间，不断有出版方发来新书的出版邀约，我都一一拒绝迟迟未有答应。

好哥们说我在最该写书创作的年纪，偏偏坚持留守幕后去给别人出书做嫁衣，结果捧红过不少新人畅销书作家，可一个个又被业内其他出版公司挖角，总是不断从头再来。在最该奋斗的年纪，为了爱情离开了北京，结果被折腾得遍体鳞伤。

他问我，到底有谁念你的好了，这一切都值得吗？

这个问题，其实我不止一次问过自己，我曾在工作事业最失意时，心情低落到谷底，经常一个人将家里屯着的红酒和啤酒一饮而尽，短暂逃避过现实。那一刻的我，醉醺醺的迷离状，似乎有可能就这样一直睡下去，永远不会再醒来。

这些年，虽然确实错过了很多好的机遇，但是沉睡许久后的我，已经梦醒，时间终会证明一切。

我说过，人与人、人与书之间皆是有文字之缘的。

而这本书得以完成，也与我的出版人鞠小姐息息相关。

在几个月前的某天夜里，我打开电邮，看到一封出版邀约的Mail，与以往不同的是，给我发来这封邮件的出版人鞠小姐还是我多年来的读者。

她在Mail里说：耿老师，从高中时起我就开始看您策划的书和写过的作品，每一本都没落过。我觉得您是个有故事的人，现在自己也从事了出版工作，一直有一个心愿，想出版一部您写的新书。

看到这封Mail时，我对自己说了一句话：长江后浪推前浪，耿帅，你是时候该从幕后淡出，走向台前了。

自此，我跟鞠小姐约见后，听她谈了对我这部书的策划思路，与我内心所想不谋而合。

她说，耿老师，您已经五年没有写过一本书了，这几年一定经历了很多事情，不妨像五年前一样写出来，跟喜欢你的读者们吐露下心声。

我看着鞠小姐坚定的眼神，意识到在新的一年里，我将以一个全新的角色出现，用文字来诠释一个更好的自己。

记得那天正好是八月五日，我发现自己又老了一岁，但更知道自己下一步该做什么了。

和鞠小姐约定好后的当天，我预定了飞烟台的机票。

烟台我去了很多次，也是我喜欢的距离北京不远的海滨城市。

之前，经常会在周五下班后的晚上飞过去，周末两天会在海边行走和散心，周日的晚上再飞回北京。

多年来习惯了一有念想即去旅行，包里永远会随心放置一本书。走过那些未曾去过或去过多次的城市，每一次内心都会有不同的变化。简单而深刻，即是旅行的意义。

当我再次来到烟台的海边，站在沙滩上，望着广阔无垠的大海，听到熟悉的海浪声，顿觉安稳而宁静。

在我行走很久很久的路上，愿我还有爱可循。岁月未存慈悲，愿你始终不疑真心。

在我行走很久很久的路上，如果有天，我累了，请与我一起去看看这个未知的世界。

在我行走很久很久的路上，许多事还未完成，很多梦想还未实现。时间不能回溯或凝结，唯有不断前行，从始至终。

# Chapter 10
四季轮回，渐远还生

四季轮回，生命之渊悠长，
海远还生，时间会给予感情最珍贵的记忆。

**深流**

早高峰的地铁上，她坐在中间的位置，周围都是拥挤的人，大家抓着扶手面对着她。她眼泪大颗大颗地落下来。

她知道大家都在看她，她知道很丢人。

一辈子忍不住的事情太多了，比如咳嗽，比如心酸，比如忍了好久的眼泪。

落泪的理由已经不重要了，重要的是周围那么多人都无法让她忍住眼泪不掉下。眼泪就是这么挑剔，她在人群中，心里请求大家不要看她。

世界上有无数可能性，我们无法否认其中任何一种。

对于一段折磨的关系，就像是努力地去未雨绸缪，却遇上一场旷日持久的干旱。

人若看清和明白自己的处境，除了承担它，也要突破它。

有些人一直在与世间规则对峙。冒险与正义之心并存。

有自己的事情要做，有自己不同于他人的态度，有自己的是非责任观，这也是一种自知之明。

于她而言，放弃才是最容易的决定。真实的感情，从来不是通过理解来变坚韧的。

有时候，难过委屈，我们都希望有个人站在身后，告诉我们，大胆向前走吧，有他在身后，什么都不用怕。

她的人生已经多久没有这种时刻了。

需要的时候，只有她自己站在风口浪尖，要如何面对，要如何抗争，都是她一个人站在那里。

很可惜的是，人性复杂深幽，喜欢冒险，喜欢新鲜，喜欢在几段重叠的关系里找到成就感。

他说爱你，但他没有说只爱你。

如果时间错位，她能够再选一次，她还是会离开。

最好的告别就是，大体上，她还是原来的样子，但是，她眼睛里的光芒不见了。

## 归属

随着年月的增长，我们一直都走在漂泊的路上，于数个城市辗转迁徙。

听很多朋友说过归属感的意义，无非就是一个房子，有大床、有沙发、有那么多书、餐盘、简单的衣物。在房间里看电影，照顾阳台上的花草，在厨房里做饭。可以喝醉，可以哭泣，可以放下所有的尊严和荣辱。这样的房子叫做家，标记着所有归属的气息。

年轻的好处，就是可以说别人不敢说的话，可以做别人不敢做的事，可以不用顾及所谓的世故人情。不知道这种勇往直前的劲头可以保持多久，但愿即使世界冷漠，也不会失去我们在这个时代里形成的待人处事的方式。

我们都不敢成为这样的人，但都渴望成为这样的人。

要让所有人认可，那是属于生命的火焰。

该沉默的时候绝不逞强，该主动的时候绝不退后，该反对的时候不会苟同，该竭力的时候也不拖延。这样的年轻叫勇气，刻录着所有路上的痕迹。

很多人长大之后的一个坏习惯就是，总是喜欢恶意揣测对方，他们做任何事，时刻存着猜疑和惋惜，自我怀疑，怀疑他人。重复着无情、多余和冷漠。大部分人都会嫉妒，将对方置身于水深火热之中，反复纠结，才心生欢喜。

人与人的交往，往往会加入很多主观意识，你永远不知道这个站在你面前的人，转身之后，会说什么，做什么。很多误解和不公正的评价也就由此开始了。

内心有着坚毅和执著所在的人不需要任何人的怜悯，他在这世上不依傍任何人。这种品质不管是来自男人还是女人，都令人敬重。

一个人若想控制事情，必然先要学会控制自己。擅长长跑的人，都会合理妥当地安排着节奏，不急不缓，适当收敛，从不盲目，予人予己舒适。


## 极限


身边有个从事绘画创作的朋友，她的作品色彩和构图看起来都匠心独运。

她赋予画作生命，线条的魅力是神奇的拟人化，通过精准的勾勒产生移情幻觉，烙刻在画布上的色彩和图案，有一种光芒，似乎是要把这种生命灌注到她的身体深处。


从事创作往往让人生活贫瘠，如果没有观众的掌声或者唏嘘，创作的过程就太让人觉得空无了，哪怕你曾经产生过某种自我献祭的悲壮感。

她说，这份工作和其他工作不同，它需要创作者裸露内心，这种裸露会让作品更敏感动人。一个艺术者要保持好的生活和创作的平衡，一直需要在生活里寻找灵感的激情。不停地往外掏心掏肺，要有时间修筑自己的精神城堡。若是一直作为持续的精神消耗，这样会气血亏虚。

人在面对真实的自己时往往是最难的，最重要的东西仍旧是他本身所散发出来的品质。

我们总是把情感的表达加以情绪化，一个人真正想特别冷静地对待什么事情其实是很困难的。我们常常给自己规定一个短期计划，然后再从头开始，不断挑战自己的极限和无畏。

年岁渐长，心智成熟，人要有自己的原则，见过的人，历经过的事，带来切身体会。随时愿意替对方设身处地地着想，自己承受压力和负担。做事情不想让自己觉得惭愧，不亏待别人，不放低自己。

这个世界就是这样，公平还是相对存在的，你站得高了，自然会有人看得到你。没有人说得清极限在哪里，但是极限会

令人着迷。在到达极限之前，必须要坚持练习，重复练习并且沉淀。觉得累就说明你在上升期，毕竟，人总是要追随强者的脚步。

## 旁观者

电梯里一个穿着孔雀蓝长裙的少女，洁净的单眼皮眼睛，漆黑的头发有着自然的起伏弧度搭在肩上，赤脚穿着人字拖，脚趾涂着和裙子同样颜色的指甲油。过滤了一切杂质。

甜品店里，坐在妈妈身边的小女孩，穿着薄荷绿的布裙子，柔顺齐刘海，马尾辫上缠着彩色的丝线。一手吃芝士蛋糕，一手抱着玩具熊。

在等地铁时看到一个高中女生，穿着校服，一双红色的球鞋，背着双肩包。花朵一样的脸颊，头发扎在后面，露出光洁的额头，略显憔悴，却又想多看几眼她轮廓洁净的脸。

这样的陌生人很容易引起别人的注意，他们走进人群里，有一种独立的美，丝毫没有做作。

很少如此郑重地观察过身边的人，时间的广度和宽度，再亲密的人都可能在某天不告而别。

一个人，最大的环境还是自己。在自我感较强的环境里，更应该增加客观性和疏离感。

有时候，孤单和冷清，常常能令人冷静。我们会开始以一个观看者的角度审视这个世界。

时间里觉察的东西，总是以我们所不能理解的方式，散发着气味，即使可以闻到，却依然游离。感谢那些曾经在我们心里留下印痕的人，如果这些记忆可以一辈子历历在目的话。

## 自由

和一位相识不久的朋友聊起过艺术，他一直觉得从事艺术创作的人应该是自由的，用自己想做的事换来成就感。

我说，也不尽然，艺术创作有时是很痛苦的，特别单调，最享受的是创作本身的快感。

没有人能得到完全的自由，任何自由都是有代价的，它和生活在什么地方没有多大关系。

即便是能做自己向往已久的事情，完全撤除人与人之间的距离，把天生的冒险心和刺激感激发出来，没有控制也是徒增烦恼。

真正自由的人本身应该是真正有趣的人，他们知道该怎么样打发闲暇的时间，耐心地读一本好书，下厨做一桌饭食，养得活花草，邀请朋友品茶品酒。这是一种不需要外界对自我的认可，心性自由，逍遥自乐。

真正自由的人也是对一切认真的人，我敬佩用一生来做对或者做好一件事的人，我也佩服那些在感情博弈中选择尊重誓言的人。

自由是属于内心的安定，人更多的是被内心所束缚，被自己的执念所耗损。精神上的自由是有一颗自然的心态，与我们周围的人和事平和相处，彼此之间保持一种清洁默契的关系。

## 四季轮回

你有没有什么后悔的事？

"只要想起一生中后悔的事情，梅花便落满了南山。"

很多时候，我们总是活得过于用力，以至于破坏性那么大。爱一个人，不知道节制，维持一份感情，不知道适度。好像如果不这么去爱，似乎就不能满足需求。

后来每个人的时间重复，慢慢变得强大起来，反而开始小心翼翼，怕太用力会破坏好不容易维系的关系。并且开始知道什么样子的方式相处起来最舒适。

我们已经不相信时间会给予多么完美的恋爱和婚姻了，爱上一个人想与之共同扎根生长，逐渐根深叶茂，逐渐不可分离。超越了单纯的爱恋，是一种生生不息的共存。

最有力量的恋爱应该是，我有我自己的方向，我也有带你走的能力。天边明亮的微光开始升起，跟你在一起我就可以随时改变轨迹。

　　生命中的四季很短暂，我愿意看着自己变得坚强，愿意看着孩子在成长，可最难过的应该是看着伟大的父母老去。

　　可是花开花落也是自然规律，就像是开满粉白色的梨花，一层层地落下，重重叠叠的。我们在沿袭的不仅是生命，更是生命呈现出来的柔软质地。

每个人都有阶段性的使命，什么年纪就要做什么样的事情，我们感激生命中有人可以讲述一段动人的故事。讲故事的人走过山川，跨过江河，抵达一片世外桃源，甘愿放低自己的心性做个普通人。听故事的人带着这个传说继续启程，跋山涉水，去寻找可以打败恶龙的宝剑。

　　时间过得太快太久，快到我们都无法预料到自己可以如此迅速地成长，久到我们已经可以想明白一些事，知道该选择什么样的生活，选择什么样的爱人。

　　太阳的光芒照在身上，伸手感受一下雨水的湿润。已经没有力气再去回头看看少年的火把有没有熄灭，已经没有年少荒唐那样的理由来重新开始。要有足够的安全感，足够的能力，善待自己，其他的已经不重要了。

### 渐远还生

　　人想不明白的时候，就应该去远行，山峦层叠，山川壮丽，云层浓稠，没有任何怜悯感。

行走，是一件孤独的事。没有普度众生，也没有得到新生，仅仅是给人一个在路上的理由，疲惫感层层袭来，人就清醒了，人有了觉悟，事情就会想明白了。

　　人越年长，有些时刻，就越弥足珍贵，并且会逐渐消失。就像是一朵新鲜的花，注定要枯萎凋谢。就像是母亲的抚摸，就像是孩童的依偎，就像是爱人的容颜。他们让我们学会如何去尊重和爱，让我们学会恩慈和包容。

　　过往有时看起来是这样真实，它像一条巨河流，自始至终，滚滚不停，联系着沉默与回声。在时光的剪影里永不停歇。

　　我们愿意去还原生命的本质，温柔小心地将失望遗憾填埋进土壤里，用眼泪浇灌。来年大雪覆盖荒野，那些深深隐藏的秘密，会开出小朵小朵的白花，花开结果，沾染着静默的力量。

　　人性与时间的对峙从未停止，那些散发着感恩与欢愉的纹路，是岁月留下来的痕迹，无须抵达和探求。门被打开，光照进来，斑驳交错的真相和暗影逐一呈现，最终一同汇入河流，带着自知和热爱，带着幻觉和痛苦，劈开一条路途。

路途绵长，时间蔓延。一个人面对星辰大海，沿着微光，没有归途。

四季轮回，生命之渊悠长，渐远还生，时间会给予感情最珍贵的记忆。

有天，我们终将感谢那些事与愿违。
有天，我们终将顿悟：
所有失去的，都会以另一种方式归来

这一年的二月，适逢春节，我一个人留在了北京。没有回家与亲人团聚，只为完成这部作品。

当我的出版人鞠小姐收到这封承载着新书文稿的Mail时，问我此时此刻的心情，我将目光移向窗外，北京的冬季逐渐更迭，阳光明媚，有微风拂面。

我跟鞠小姐说：每写一次书，就像过了一辈子。

想起去年打开文档写完新书第一页并落定书名，距上次写作大篇幅的文字已时隔五年。

在过去的日子里，对于新书的完成，一直在我的心里挥之不去。那时找不到方向的我，就好像站在层层迷雾里，想努力凝望迷雾外的世界。

习惯了长时间不说话，只是静默地观望人来人往。时有聆听楼层里某处传来的钢琴声，我感觉不到时间的推移了。无数个失眠的夜晚，一直想合眼，却从未安然入睡。

在我前三十年的人生中，即使充满了无尽的付出和不堪，即使最后徒劳无功，但终究学会了审视和改变自己，保持一颗豁达的心。

从某种意义上而言，迟来的这些文字，起始未知当如何去保存。在经历爱与被爱、深情与辜负、信任与欺骗、铭记与遗忘、喧嚣与孤独、生离与死别、疼惜与被疼惜的多年后，岁月日深，踌躇至今，终妥善安放。

我曾于两年前开始构思自己下一部新书的封面当如何展现，也询问过身边的朋友，回答很多，但都没有让我触动。

　　那段时间，我刚好从一家公司辞职，在某个辗转反侧、推搪不能眠的凌晨两点便想出去散个心。

　　然后我打开手机上的地图，将地图缩小再放大，放大再缩小，最后选定了长岛。

　　那是此前我一直想去的一座海岛，但苦于工作繁忙分身乏术。

　　每个人的心里，都有一个想去而未去的地方。你，又想去哪里？

　　我是一个偏爱大海的人。

　　想着有一天，可以告别身边一切繁冗琐事，离开北京，换一种生活状态。

　　每一日能多陪陪家人，与蓝天白云为伴，大海是你的，那些鱼也是你的。

也曾想过给未来的太太留言：如果有天，我离开了这个世界，请将我撒入大海。

即便孤独，但自由。

人这一辈子，会遇到各种忧愁。小时候不开心的时刻，会在浴室冲很久的热水澡，睡一觉醒来又是一个晴天。长大后慢慢发现很多接踵而至的苦闷，如果没有长久的时间来抚平，那些伤很难痊愈、烟消云散。

职场历练多年的我们，虽然表面上可以做到逢人欢颜，可你知道在心里永远没有办法做到自欺欺人，那些悲与痛还会倔强地矗立在心里，一览无余、无处藏匿。

大海的功效，于我意味着什么，我想你明白。

在长岛的第二天，认识了同是独自一人去旅行的Cindy。

路过海岛一隅的时候，我在礁石上站了很久，看着浪花拍打在礁石上，散开又退去。

我看到了岁月流逝后一个人孤单而漫长终老的怀念。年轻时，因为我们的粗心、忽略、较真、鲁莽……而错失了许多人和事。总有一天，我们都要说再见。但有一天，也许我们会再相见。离世前，有人会想起曾经被爱。有人则会想起曾经爱过。而我，一定会想起曾经爱过。

　　也就在那一刻，Cindy用我带去的单反，把我定格在镜头影像里。

　　后来，那张照片也如此机缘巧合地印在了这本书的封面上。

　　我们在灯塔边等落日的间隙，才知道她刚刚结束了一段两年的感情。

　　她有些湿润的眼神望着遥远的海平面。

　　她说，她真的不知道为什么朝夕相处的感情那么不堪一击。

　　她说，她已经为对方努力改变了那么多，为什么终究还是徒劳无功。

　　她说，他们原本约好了要一起来长岛的，最后，却只有她一个人来了，原来他的身边出现了另一个她。

　　她说，她不明白人与人之间的誓言为什么会如此一触即溃。

　　身处异地，那时的她，也许只是单纯地需要被倾听。离开长岛，我们不一定会再相遇。

　　但这短暂相遇的时间，是一个陌生人唯一可以给她的宽慰。

　　听完她的故事，我没有给出任何建议，只是提供了一些自己面对失恋的好方法。

　　之后我对她说：遇见的人、历经的事，都有它存在的意义。而过去的，永不会再来。

　　每个人，都有一段看似平凡无奇，却足以影响他人的故事。在我们的生命里，总会有人不断地进入，再离开。不同的

人来来去去，不间断的场景不断变换。

无论两个人在一起多久，无论当初有多爱。随着时间的推移，当爱情遇上朝九晚五后的油烟味与挥之不去的疲惫，彼此都忽略了两人相处中的细致温柔，更别提什么当初让自己心动落泪的浪漫惊喜了。

在未知的爱情旅程里，誓言仿如不可或缺的调味剂，使爱情变得更有味。

而这段旅程忽然半途终止，所谓的誓言瞬间灰飞烟灭。

如果有一个人曾陪你走过一段后，依然保有不变的誓言并为之完成。

时过境迁，你突然发现原来自己真的错过了对的人。

誓言是一时的承诺，而错过则是永远的遗憾。

从何时起，时间的长短便无法再去度量爱情的深浅。

所以，在一起的每一分每一秒，我们都不要肆意被情绪所掌控，我们需要那些很微不足道的，很细腻的感知和爱。

当遇到一个心疼你一路辛苦的人，他便是你遇到的属于你心中的人。

不忘初心，方得始终。过了这么多年，我的初心一直未变。

只想遇到对的人，做喜欢的事情，过平淡简单的生活。此生足矣。

这些年，我也一直深信一句话：命里有时终须有，命里无时莫强求。

而爱情，于我们一生中不可或缺。若中途走散了，请念及最初的美好，道一句：感谢你来过，不遗憾你离开。

新年，即是新的一年，预示着过去的一年逝去不再来。

过去的日子，累积下很多不同的人生历练，想法如砝码般亦有不同的增减。

很多朋友也一并见证了这本书的记忆，和我们的过去。

立于窗台，马路上一如往常还有依稀的车流声，一到过年的北京城，就变得异常安静。

生活本就如此，有时喧嚣，有时寂寥，也因此而丰富。

曾经以为我们失去了很多不该失去的机遇，也问过自己，从我们身边又悄无声息地走失了多少人？

或许，我们过往拿到的人生剧本，都与内心的冀望背道而驰。伤痕，总有功成身退的时候。

有天，我们终将感谢那些事与愿违。有天，我们终将顿悟：所有失去的，都会以另一种方式归来。

一直觉得，人与人、人与书之间皆是有文字之缘的。

从事出版工作的这些年，我一直在坚持做一件事：

把文字和共有的感触汇聚成书，然后将这些美好分享给每一个读者。

鞠小姐问我，这些年最想出版怎样的书？

我说，譬如有一天，在机场的书店，有一个女生走进去，她迷失了感情，要进行一次旅行。然后，她从书架上看到一本书，那本书，刚好契合她的心情，让她觉得自己不是寂寞的一个人，有人在倾听抚慰她心里的过往。

我想出版的，便是这样的书。

也许很多人与我一样都曾经历，不愿意从离开的感情里走出来。

而这本书的意义在于，好似一束光，穿透了时间和生命，始终努力地想要点醒拥有曾经那段记忆的我们。

人生就像一部限量版的电影，不仅不能回放，而且只播一遍。

其中，你会拥有最好的记忆，也会拥有最坏的记忆。

你会忘记某个片段的记忆，但你，会永远记住当下的自己。

我不愿让美好或悲伤的记忆，只是成为回忆而已。

于是，沉寂五年，将时光里的影像与文字融合，带着些许明亮。

回忆之前，忘记之后。这本书，写给过去，也写给未来的我们。

有生之年，请记得于你有恩，默默支持和成就之人。

谨此，特别感谢为这本书的出版付出努力的鞠小姐。

还有被写进这本书中，无论什么时候都难以割舍的小伙伴们，我也很感谢你们的不离不弃。

并感谢这些年，一路走来依旧执著陪伴在身边，懂我、理解我、支持我的读者们。

在这本书里，没有主角，也没有配角。只有写的人和看的人。我们很清楚，缺少了谁都不可以。

愿身边的美好，与我们同在。

愿人生常能回味，而我们可以永不回头。

愿我们每个人在未来的日子里，都能拥有自己想要的生活。

愿你我，在今后的人生中，能不断追寻生活里美好的小事情，和有趣的人在一起做有趣的事。

然后不再迷路，发现自己并不孤独，发现每天都是新的一天。

永远都保有一颗炙热好奇的心，去发现一辈子，活得有质感。

请永远记住：

即便过去的许多年，夹杂了只一次的不堪回首。

即便过往的人和事，断不了、舍不下、离不开。

你永远都有时间从头再来，等一个对的人。

你要相信：所有失去的，都会以另一种方式归来。

**图书在版编目（CIP）数据**

所有失去的都会以另一种方式归来 / 耿帅著. --北
京：九州出版社，2016.3（2019.3重印）
ISBN 978-7-5108-4234-4

Ⅰ. ①所…　Ⅱ. ①耿…　Ⅲ. ①随笔－作品集－中国－
当代　Ⅳ. ①I267.1

中国版本图书馆CIP数据核字（2016）第042565号

## 所有失去的都会以另一种方式归来

作　　者　耿帅　著
出版发行　九州出版社
地　　址　北京市西城区阜外大街甲35号（100037）
发行电话　（010）68992190/3/5/6
网　　址　www.jiuzhoupress.com
电子信箱　jiuzhou@jiuzhoupress.com
印　　刷　小森印刷（北京）有限公司
开　　本　870毫米×1280毫米　32开
印　　张　9
字　　数　235千字
版　　次　2016年6月第1版
印　　次　2019年3月第17次印刷
书　　号　ISBN 978-7-5108-4234-4
定　　价　39.80元